W0281501

ROMEON
VERLAG

**Anna und Reza - Eine deutsch-iranische Liebe**

**Autorin: Anna König**

**Ein Buch aus dem Romeon Verlag**

1. Auflage, erschienen 2-2018
Umschlaggestaltung: Romeon Verlag
Layout: Romeon Verlag
Cover-Foto: © Sondem - fotolia.com

ISBN: 978-3-96229-049-8

**www.romeon-verlag.de**



**Bibliografische Information der Deutschen Nationalbibliothek:**
Die Deutsche Nationalbibliothek verzeichnet diese Publikation in der Deutschen Nationalbibliografie; detaillierte bibliografische Daten sind im Internet über *http://dnb.dnb.de* abrufbar.

# Anna und Reza

## Eine deutsch-iranische Liebe

# Georgien 2012

Meine Geschichte beginnt am 17. August 2012. Eine meiner Geschichten, deren Ausgang ungewiss, aber die doch sehr ungewöhnlich ist, und die sich von vielen anderen unterscheidet.
Der 17. August, früh am Morgen, München, S-Bahnhof Daglfing, die Türen zur Flughafen S-Bahn schließen sich und ich empfinde Freiheit ohne Grenzen. Meine Ehe dümpelt seit Jahren dahin. Ich bin unglücklich, aber irgendwie gefangen. Mein Mann Thomas ist eine Seele von Mensch, zuverlässig, fleißig, ein guter Vater und da, wenn man ihn braucht. Trotzdem ist jegliche Liebe über die Jahre verschwunden, schleichend, wie so oft. Ich weiß, dass ich langfristig etwas an meinem Leben ändern muss, sonst gehen wir beide ein. Aber Sarah, meine jüngere Tochter, wird im nächsten Sommer Abitur machen, bis dahin werde ich ihr zuliebe nichts ändern.

Georgien, ich habe einen Flug gebucht, weil mir mal jemand gesagt hat, es sei ein spannendes Land. Monate vorher habe ich den Lonely Planet bestellt, der lag mehr oder weniger ungelesen auf dem Tisch. Was weiß ich von Georgien? Nichts. Heiß, Schwarzes Meer, Wein, Berge. Naja, wir werden sehen. Außerdem habe ich in letzter Zeit viel unterrichtet, deswegen kam ich auch nicht dazu in den Reiseführer zu schauen und eine Pause von Alltag, Ehe und dem üblichen Stress ist dringend nötig.

Der Flug geht mit Turkish Airlines: In einer plötzlichen Eingebung habe ich am Tag zuvor Ersatzkleidung in mein Handgepäck gesteckt. Umsteigen in Istanbul, irgendwie wusste ich, dass mein Rucksack nicht mit mir ankommen würde.

Normalerweise buche ich die ersten zwei Tage eine Unterkunft, da in einer fremden Stadt zur Hauptsaison es sich als schwierig erweisen kann, etwas Preisgünstiges zu bekommen. Ich hatte zuerst versucht über couchsurfing.com jemanden zu finden. Eine super Plattform, um interessante Menschen kennenzulernen. Man kann bei Leuten, die ein Sofa zur Verfügung haben, schlafen. Ich hatte das im Jahr zuvor in der Türkei ausprobiert und in Ankara bei sehr netten Leuten bleiben können. Umkehrt hatten wir schon aus aller Welt Leute bei uns nächtigen, die immer spannende Geschichten auf Lager haben. Ich hatte schon versucht, jemanden in Tiflis zu finden, aber war zuerst erfolglos und bei einem 20ig jährigen Studenten wollte ich nicht bleiben. Ich habe schließlich eine Reservierung im Hostel gebucht, als ein Mail von einem Iraner kam, Reza, Businessmann, Lehrer, hat Literatur studiert und sein Sofa angeboten. Meine erste Antwort war, sorry, hab schon was gebucht, aber vielleicht können wir uns auf einen Kaffee treffen. Nach längerem Überlegen, habe ich nochmals geschrieben, da mir der Schreibstil unglaublich imponierte und der Typ einfach interessant klang. Okay, ich komme zu dir und storniere meine Buchung.

Es entwickelt sich eine nette Unterhaltung per Mail, allerdings meint er, seine Geschäftspartner hätten sich genau für die Zeit angesagt, aber sie würden schon ein Bett für mich freischaufeln. Am Flughafen soll ich abgeholt werden.

Daglfing – München, 28 Minuten S-Bahnfahrt, mein Leben zieht vorüber, Tiflis, sind wir mal gespannt. Am Flughafen erstehe ich ein Exemplar von „50 Shades of Grey", man weiß ja nie, könnte ja sein, dass einem in dem Land doch langweilig wird. Der Flug nach Istanbul ist mit einer netten Unterhaltung mit meiner Nachbarin sehr angenehm. In Istanbul sehe ich meinen Rucksack verschwinden und denke, das Ding kommt nicht mit mir an.

Auf dem Flug nach Tiflis sitzt ein Amerikaner neben mir, John aus Atlanta, er wird für fünf Monate als Gastprofessor in Tilfis an der Universität arbeiten. Er war schon mal dort und ist begeistert von der Gastfreundschaft der Menschen. Wieder vergeht die Zeit schnell.

Ankunft in Tiflis: natürlich kein Rucksack! Eine rumänische Basketballmannschaft hat das gleiche Schicksal und, welch ein Glück für mich, auch John, der eine 55-stündige Flug- Odyssee hinter sich hat und ebenfalls ohne Gepäck dasteht. Nachdem es ja immer heißt, im Urlaub soll man entspannen, habe ich zur Entspannung mein Handy zu Hause gelassen. Ein riesen Fehler, wie sich gleich bei Ankunft herausstellt. Wegen des verlorenen Gepäcks brauche ich eine Handy Kontaktnummer, und John erweist sich in einigen Dingen als mein

Retter. Ich kann seine Nummer angeben und da er abgeholt wird, habe ich auch jemanden, der mit Übersetzung helfen kann. Ich denke nur, wenn Reza mich abholt, was ja der Plan war, der wartet doch nicht so lange.

Aber am Flughafen kein Reza. John meint, ich sollte doch erst mal mit ihm mitfahren, er muss diverse Dinge erledigen und ich könnte derweilen in die Stadt und dann sieht man ja, was mit Reza ist. Ich hätte da vielleicht einfach aufgeben sollen, dann wäre vermutlich mein Leben anders verlaufen. Aber ich wollte diesen Reza kennenlernen. Als erstes gehe ich in der Stadt in ein Internetcafe und dort hat er mir schon eine Nachricht mit seiner Telefonnummer hinterlassen, er wollte meine Handy Nummer um mich auflesen zu können. Haha, mein Handy liegt zu Hause. Dank der enormen Gastfreundlichkeit der Georgier kann ich an jeder Ecke ein Telefon ausleihen, aber ich kann ihn nicht erreichen.

Nun kenne ich die Mentalität der Orientalen sehr gut. Zum Einen hatte ich eine türkische Familie in München lange Zeit betreut, zum Anderen habe ich sehr viele Schüler aus dem Orient und ich war mehrmals in diesen Ländern. Dort ist immer alles anders als in Deutschland. Die Herzlichkeit und Gastfreundschaft dieser Menschen ist unglaublich. Gut, die deutsche Gastfreundschaft zu toppen ist keine große Meisterleistung. Aber ich wusste auch, dass einfach vieles nicht funktioniert und als unzuverlässig erscheint, aber nicht so gemeint ist, und deren Art Dinge anzupacken völlig anders ist, als die typisch deutsche Denkweise. Insofern war ich nicht wirklich verwundert. Da es schon dunkel wird, und John seine Besprechungen hinter sich hat, fahre ich zu seiner Wohnung zurück. Netterweise bietet er mir einen Schlafplatz an. Ich habe den ganzen Tag noch nichts gegessen, aber ich will doch noch versuchen Reza zu erreichen. Und beim dritten Versuch bingo! Eine dicke Entschuldigung, wo ich bin, er würde mich auf der Stelle abholen.

Fünfzehn Minuten später ist er da. Da ich ein Foto von ihm im Internet gesehen habe, ist er leicht zu erkennen. Ein typischer Perser, dunkler Typ, nicht sehr groß, sypmathisches und freundliches Gesicht, ein gelbes T-Shirt und ca. 20 Jahre jünger als ich. Manchmal gibt es so eine Art „Magic“, wenn sich Menschen zum ersten Mal begegnen. Ich weiß bis heute nicht, was es war, aber wir fallen uns sofort um den Hals und die Funken sprühen. So was kann man nicht erklären, aber dass dies der Beginn von etwas Außergewöhnlichem ist, liegt irgendwie in der Luft. Mit John habe ich für den nächsten Tag ein Treffen ausgemacht, und wir fahren mit dem Taxi in Rezas Wohnung. Wir sitzen schon in dem Wagen, händchenhaltend und von beiden Seiten kommt ein großer Redeschwall. Er ist sehr eingebunden durch eine bevorstehende Geschäftseröffnung und konnte nicht früher weg.

In der Wohnung werde ich herzlichst empfangen, seine beiden Partner Abdul und Mohammed sind sehr nett. Ich bekomme erst mal was zu essen und wir sitzen in der Küche und wie das dann halt so ist. Wir quatschen und quatschen und es ist total interessant. Abdul und Mohammed kommen nur zwischendurch rein, Abdul ist schon älter und seine Söhne leben in Europa und Amerika. Wir sprechen über Georgien, Iran und Deutschland. Reza will einfach raus aus dem Land, da die schwierigen Lebensbedingungen unter der dortigen Mullah- Diktatur für junge Leute unerträglich sind. Der Ursprungsplan war Kanada, aber dort ist es für einen Literaturwissenschaftler extrem schwierig ein Visum zu bekommen. Er erzählt mir von seiner Sprachschule in Shiraz, die er vor einigen Jahren dort gründen konnte und erfolgreich führt, von dem Vorhaben in Tiflis ein Fastfood Restaurant aufzumachen, von Georgien und wie frei er sich fühlt und wie sehr er diese Stadt liebt.

Irgendwann muss ich doch ins Bett, da ich schon seit morgens um fünf Uhr unterwegs bin. Mit meiner schwachen Blase renne ich, ich weiß nicht wie oft, ins Bad. Reza hört es und kommt zu mir ins Zimmer, ob alles in Ordnung sei. Und tja, dann kommt was kommen muss, der Kuss und alles, was zugehört. Reza meint, wir müssten extrem leise sein, wenn die anderen beiden das mitbekommen, würden sie ihm das Leben zur Hölle machen. Was für eine Nacht!!! Romantik pur, trotz der merkwürdigen Umstände. Alles heimlich, keiner darf was merken. Und was für ein Erlebnis, noch keine 24 Stunden von zu Hause entfernt!

Am nächsten Morgen muss ich mich erst einmal um mein verlorenes Gepäck kümmern. Als ich Reza sehe, merke ich ihm sein schlechtes Gewissen an. Es gibt da eine Freundin, nun, bei mir gibt es einen Ehemann. Als mich Abdul ansieht, weiß ich, dass er es gemerkt hat, aber seriös und diplomatisch wie er ist, nichts sagt. Natürlich nicht.

Wir haben zuerst alle Hände voll zu tun, um mein Gepäck wieder zu bekommen. Nach diversen Anrufen beim Flughafen und John bekomme ich meinen Rucksack am Mittag geliefert, während der arme John noch drei Tage auf seine Koffer warten muss. Zum Mittagessen treffe ich mich mit John in der Altstadt, Reza muss einiges erledigen und meint, dass ich keinesfalls noch eine Nacht in der Wohnung bleiben kann, da unter keinen Umständen auch nur irgendjemand von uns etwas mitbekommen dürfe. Gleichzeitig merke ich, wie sehr er Zeit mit mir verbringen will. Er würde etwas organisieren, Treffpunkt Nachmittag Freedom Square. Wie oft ich diesen Platz besucht habe, ich weiß es nicht, mir kommt vor, als wäre ich dort öfters gewesen als jemals in meinem Leben am Münchner Stachus. Aber es ist natürlich ein zentraler Punkt der Stadt.

Lunch mit John, wir müssen uns verabschieden, da er zwei Tage später nach Kiew fliegt, um noch ein paar Tage dort mit seiner Frau zu verbringen. Noch heute sind wir verbunden und werden uns demnächst in München treffen, da er eine weitere Gastprofessur antreten wird.

Zum verabredeten Zeitpunkt kommt Reza. Wir müssen zuerst mein Gepäck abholen, ich verabschiede mich von Mohammed und Abdul und gemeinsam fahren wir in eine von ihm für die Nacht angemietete Wohnung in der Nähe der technischen Universität. Wir haben drei wunderbare Stunden für uns. Seine Verpflichtungen lassen ihn nicht bleiben. Aber er will am nächsten Tag noch mal kommen. Mein Plan ist, erstmal irgendwie weiter zu reisen.

# Iran

Iran, was weiß man über den Iran? Der Durchschnittsdeutsche nicht viel. Öl, Mullahs, Diktatur, Orient, 1001 Nacht. Nun, alles stimmt. Ich habe bislang einige Iraner kennengelernt und nur angenehme Erinnerungen. Warmherzige, gebildete Menschen, die unter dem Druck des Regimes leiden, vor allem die Jugend. Da die Iraner ein gebildetes Volk sind, wissen sie im Medienzeitalter sehr wohl, was im Rest der Welt passiert, vor allem der westlichen. Die persische Kultur ist etwas anderes als die Arabische, darauf legen die Perser großen Wert, um ja nicht verwechselt zu werden. Die Sprache ist völlig anders, wenn auch die Schrift die gleiche ist. Früher war dies mal ein stolzes Land mit Hochkultur, aber mit der Mullahdiktatur ist der Stolz verschwunden und eher eine depressive Stimmung spürbar.

Ich bin Mitglied von Amnesty International und eine große Verfechterin von Menschenrechten. Ich weiß, dass im Iran die meisten Todesstrafen verhängt werden (prozentual zur Bevölkerung, in absoluten Zahlen liegt China vorne). Um die 1000 Menschen werden jährlich hingerichtet, Dunkelziffer unbekannt, aber mit Sicherheit um ein Vielfaches höher. Frauen werden für Sex außerhalb der Ehe gesteinigt, öffentlich. Sex außerhalb einer Ehe ist verboten. Männer und Frauen dürfen keinen Kontakt haben, außer wenn sie verwandt sind, verheiratet oder in der Arbeitswelt und selbst das ist stark eingeschränkt. (Der Film Teheran Tabu zeigt dies sehr deutlich auf, obwohl es natürlich hinter verschlossenen Türen oft ganz anders zu geht.)

Die Frau wird nach wie vor als Gebärmaschine betrachtet, die dem Mann dienen soll und in der Öffentlichkeit nicht oft gesehen wird, wobei dies wohl regional unterschiedlich und bildungsabhänigig ist. In den Städten ist das Straßenbild auch etwas anders. Trotzdem sind Frauen Menschen zweiter Klasse. Kritik an der Regierung ist verboten. Die Mullahs haben das Sagen, das religiöse Leben bestimmt den

Alltag und die Familienstrukturen sind völlig anders als in Europa. Heiraten wird als Priorität im Leben eines Menschen gesehen, oft sucht die Familie den Partner, aber anders als in arabischen Ländern, werden die Partner nicht gezwungen, zumindest nicht offiziell. Auch eine Vielehe ist nicht üblich.

Trotz alledem ging es den Iranern lange Zeit wirtschaftlich einigermaßen gut. Das Ölgeld wird auch so halbwegs von den Mullahs unters Volk gebracht. Armut, wie in Entwicklungsländern, gibt es dort nicht in dem Maße, aber natürlich wurde die wirtschaftliche Situation für viele Menschen unter den Sanktionen mühsam. Am Land sieht die Situation schwieriger, dort ist es tendenziell ärmer. Aber man darf sich nicht täuschen lassen. Vieles ist hochmodern, von Shoppingcentern, Gebäuden, Autobahnen und nicht zu vergessen die Medienlandschaft, auch wenn sie stark zensiert ist.

Rezas Onkel wurde vor vielen Jahren von den Mullahs als politischer Gefangener ermordet, von daher ist seine Familie nicht gerade Fan der dortigen Diktatur. Auch Reza hatte viele Kritikpunkte, aber es wird geschwiegen um sich zu schützen. Die Mentalität ist ganz anders als in Europa, vor allem München, die Single Hauptstadt unseres Landes. Individualität hat hierzulande absolute Priorität, Selbständigkeit ist bei uns Erziehungsziel, dort ist das Gegenteil der Fall. Die Familie entscheidet, der Einzelne zählt nicht, man muss sich an eine strenge Rangordnung halten und kann nicht einfach machen was man will.

Das erklärt, warum Reza sehr viel Zeit mit seinen Geschäftspartnern und Freunden verbringen muss und einfach nicht über Nacht bei mir bleiben kann, das wäre absolutes Tabu. Wenn uns jemand gesehen hätte, der ihn kennt, ein Iraner mit einer deutschen Touristin, dann auch noch älter, da hätte er sich sauber was anhören müssen.

# Georgien

Sonntagmorgen beim Frühstück im französischen Cafe. Reza kommt nicht. Ich erreiche ihn telefonisch, da mir eine freundliche Verkäuferin ihr Handy geliehen hat. Er kann nicht weg. Nun wir verabschiedeten uns, und ich will mich melden, wenn ich wieder in Tiflis bin.

Zuvor habe ich den Reiseführer studiert und nach diversen Hin- und Herüberlegungen beschlossen, nach Telavi zu fahren, das ist in Kaheti, dem Weinanbaugebiet von Georgien. Da ich in der Nähe vom Bahnhof bin, suche ich dort ein Mashrutka, die örtlichen Verkehrsmittel, kleine Minibusse, mit denen man überall hinkommt. Dafür muss ich allerdings mit dem Taxi zu einem anderen Bahnhof fahren und von dort geht es ca. zwei Stunden Richtung Norden. Leider habe ich ein wenig Pech, da halb Georgien umgebaut wird und zu einer modernen oder touristengerechten Gegend gemacht werden soll. Telavi also nur Baustelle.

Die Georgier sind nicht gerade mit Reichtum gesegnet und mit dem wachsenden Tourismus nutzen viele Einheimische ihre freistehenden Zimmer, um sie an Leute wie mich günstig zu vermieten. Ich kann bei Svetlana Unterschlupf finden, deren Mann gestorben ist und deren Sohn in Russland arbeitet. Sie bietet mir sein altes Zimmer an und stopft mich den ganzen Tag mit Tee, Kaffee und Früchten voll. Zum Frühstück stellt sie mir Mengen hin, als würde ich drei Tage nichts mehr zu essen bekommen. Sie kann Georgisch und Russisch, ich Deutsch und Englisch, aber irgendwie klappt die Verständigung trotzdem. Am nächsten Tag kann ich mit einer Tour das gesamte Gebiet besichtigen. Aufgrund der etwas ungemütlichen Baustellenatmosphäre in der Stadt, beschließe ich am nächsten Tag Richtung Schwarzes Meer aufzubrechen. Ein Israeli will mich zu einer Bergtour überreden, aber ich habe nicht die richtige Ausrüstung dabei, außerdem mag ich die Wärme lieber. Am nächsten Tag breche ich früh auf, da mein Ziel Kutaissi ist, die zweitälteste Stadt des Landes. Ein weiter Weg und ich will am Nachmittag dort noch versuchen, das berühmte Kloster in Gelati zu besichtigen. Der Weg dazu führt immer über Tiflis. Um sieben Uhr breche ich auf und bin gegen neun Uhr wieder in der Großstadt. Ich weiß, dass die Busse nach Westen von einem anderen Bahnhof fahren und entdecke eine Metrostation. Praktisch, da kann ich ohne Taxi hin.

Als ich die Rolltreppe zum Zug hinunterfahre, kommen schon viele Berufstätige an. Ich denke, geh ich mal lieber ein Stück weiter. Ich gehe zur nächsten Säule und drehe mich um. Der Wahnsinn, wer steht da??? Reza??? Das gibt es doch nicht! Als erstes denke ich an „Serendipity“, ein ziemlich kitschiger US Film mit John Cusack und Kate Beckinsale, den ich vor vielen Jahren im Kino gesehen habe. Kate lässt das Schicksal entscheiden, ob sie sich nach einem bezauberten New Yorker Abend zufällig wieder sehen würden, was dann, Film - klar, auch tastsächlich Jahre später passiert.

Hier: genau das gleiche, nur zwei Tage später!! Tiflis ist eine Zweimillionen Stadt, beide wussten wir nicht, wann und wo wir sein würden, er war an einem völlig anderen Ort, entfernt von seiner Wohnung, ein Zufall, das konnte es doch nicht geben!!! Wir fallen uns um den Hals, er hat zwei Tage nur an mich gedacht, ich natürlich an ihn und irgendwie ist damit unser Schicksal besiegelt. Ich will am Samstag wieder in Tiflis zurück sein und meine, ich würde mich zwischendurch melden, ich werde mir ein Hotel suchen, oder wieder so eine Wohnung und dann treffen wir uns. Unglaublich, wie kann das sein? Ab da sind meine Gedanken immer bei ihm, bis heute sind sie das. In der U-Bahn kommt wieder ein Redeschwall von uns beiden. Es waren Minuten, die uns geprägt haben, die uns verändert haben, die alles, was danach kam, besiegelt haben, das Universum muss es so gewollt haben. So etwas gibt es im „normalen“ Leben nicht. Ein Wunder? Warum? Natürlich stellt man sich diese Fragen immer wieder.

In Kutaissi wohne ich einem wunderschönen und netten Gästehaus, die Leute, wie immer extrem freundlich. Ich schaffe es, das Kloster noch an diesem Tag zu besichtigen, versumpfe abends mit einer Truppe Engländer und Polen und fahre am nächsten Tag nach Batumi.

Batumi, was für ein Ort. Es ist der einzige Strand weit und breit und im Sommer komplett überfüllt, auch von Touristen der umliegenden Länder. Ein Casino tummelt sich am anderen und alle großen Hotelketten dieser Welt machen sich dort breit. Da das Glücksspiel in der Türkei verboten ist, kommen viele von dort und ebenso die Prostitution ist ein Thema. Ich habe mir wieder eine Privatunterkunft gesucht und als ich gerade am Einchecken bin, kommt eine Frau auf mich zu, die mich fragt, ob ich Deutsche sei. Endlich, meint sie. Sie ist Georgierin und lebt in Offenburg, sie ist gerade drei Wochen mit Ihrem Sohn bei der Familie und hat noch ein paar Tage am Strand vor ihrem Rückflug. Sie nimmt mich gleich zum Strand mit und die nächsten zwei Tage verbringen wir gemeinsam. Keti erzählt mir viel über Georgien und leiht mir natürlich zwischendurch ihr Telefon, damit ich Reza anrufen kann.

Ich bin dort sehr glücklich. Sie hat mir auf jeden Fall die wunderbare georgische Küche näher gebracht, mir noch einige Reisetipps gegeben und natürlich habe ich ihr meinen bisherigen Verlauf der Reise erzählt. Sie meint, ich sollte mir mal keine Gedanken wegen dem Altersunterschied von Reza und mir machen, wo die Liebe hinfällt, da fällt sie eben hin. Hauptsache glücklich, und ich sollte das einfach in vollen Zügen genießen.

Keti und ich sind bis heute befreundet, sie hat ein schwieriges Leben und trotzdem ist sie immer positiv gestimmt und meistert alles unter schwierigen Umständen sehr gut. Als sie abfährt, beschließe ich, noch einen Tag in Burjomi einzulegen, ein Kurort auf dem Weg nach Tiflis, da es von dort wesentlich näher zurück ist und ich einfach nicht zu spät ankommen will.

Auf dem Weg zurück nach Tiflis besuche ich in Gori das Stalin Museum. Josef Stalin war sicher einer der berühmtesten Georgier und das Museum hat bis heute eine leicht propagandistische Atmoshpäre aus den alten Zeiten. Samstagnachmittag, ich bin zurück in Tilfis. Abgemacht haben Reza und ich in einem Cafe. Nun, das geht natürlich wieder schief, zum einem sitze ich im falschen Cafe, zum anderen kann er mal wieder von seinen Leuten nicht weg. Also muss ich mich auf die Suche nach einem Hotel machen und entdecke ein wahres Schmuckstück. Trotz lästiger Baustellen in Tilfis finde ich das Gebäude mit Hilfe eines, wie sich später herausstellte, bekannten Theatermannes in Georgien und Russland. Das Hotel liegt in der Nähe der berühmten Freiheitsbrücke, die eher wenig in die Landschaft passt, trotzdem ein markantes Merkmal ist.

Der Hotelmann hat Reza beschrieben, wie er hinfindet, in den engen Gassen mit den Baustellen ein Abenteuer. Und da ist er!! Am Abend kommt er in mein Zimmer, wir fallen uns wieder einmal um den Hals und haben einige Stunden für uns. Wie kann es sein, dass sich zwei Menschen so schnell so gut verstehen? Es ist nicht nur der sexuelle Teil, wir sprechen über Literatur, ich setze ihm Ideen in den Kopf, die bis dahin für ihn völlig fremd waren: Reza, es gibt eine andere Welt außer zu heiraten! Reisen, das Leben genießen, du bist jung, schau dir die Welt an, mach was aus deinem Leben! Es gibt so vieles zu entdecken! Natürlich ist mir in dem Augenblick nicht bewusst, dass man mit einem iranischen Reisepass nicht die Welt entdecken kann, weil man für fast jedes Land ein Visum braucht, das man nicht so einfach bekommt. Als Deutsche setzt man sich in ein Flugzeug und kann fast überall hin, mit dem falschen Geburtsland geht das nicht. Aber ich habe in dem Augenblick gemerkt, wie bei ihm die Gedanken in eine völlig andere Welt eintauchen. Ich erkläre ihm einiges über das Geschäftsverhalten in Deutschland, wie strukturiert und geordnet die Dinge hier in der Regel sind. Auch meine Töchter haben absoluten Freiraum, was Partnerwahl, Berufswahl oder sonstige Dinge des Lebens betreffen. Als junge Frau habe ich die Welt bereist, zum größten Teil alleine, in diese Fußstapfen sind meine Töchter getreten. Diesbezüglich bin ich natürlich auch für deutsche Verhältnisse exotisch. Aber die Welt zu entdecken, so etwas macht man wenn man jung ist. Neue Ideen zu sammeln, einen anderen Blick für die Dinge des Lebens bekommen, das war und ist für mich einer der wichtigsten Bestandteile meines Lebens. An dem Abend ist mir klar, dass ich in Rezas Hirn Gedanken gesetzt habe, die er bislang nicht annähernd kannte.

Leider muss er auch an diesem Abend wieder gehen. Seine derzeitige Freundin hat ihn ziemlich im Griff. Da es ja im Iran verboten ist, mit dem weiblichen Geschlecht Kontakt zu haben, ist dies seine erste Beziehung, natürlich auch heimlich, was sonst. Die Frau, ebenfalls Iranerin, zwei Mal geschieden, scheint es faustdick hinter den Ohren zu haben. Sie hat ihn auch emotional saftig ausgenutzt, was keine Kunst ist, bei so einer mangelnden Lebenserfahrung. Da er sie nicht liebt, sondern dass das Ganze eine rein sexuelle Geschichte ist, natürlich auch durch erheblichen Nachholbedarf, da er mit seinen 26 Jahren quasi erst entjungfert wurde. Aber die magische seelische, geistige und körperliche Verbindung liegt zwischen uns.

Am nächsten Tag fahre ich nach Kazbegi. Keti hat mir diesen Trip wärmstens empfohlen. Mount Kazbegi ist ein 5000 m hoher Berg mit atemberaubender Schönheit. Ich bin ja für Touren nicht ausgerüstet und auch nicht wirklich für die Nachttemperaturen. Aber ich denke, für zwei Tage geht das schon. Am nächsten Tag mache ich eine kleine Wanderung rauf zu einer Kapelle, eher ein Spaziergang, aber ich bin trotzdem fast den ganzen Tag unterwegs. Wieder wohne ich privat, die Familie kocht sensationell und ist sehr freundlich. Mit mir sind einige Israelis dort und so sind die Tage recht lustig.

Dienstag geht es zurück nach Tiflis, allerdings mit einem Abstecher nach Mtzheka. Auf dem Weg zu den Sehenswürdigkeiten spricht mich eine Dame an, ob ich Deutsche wäre. Sie kann fließend Deutsch und war mal mit einem deutschen Regisseur verlobt. Sie hat all ihre Pläne abgebrochen, um mir die Highlights des Ortes zu zeigen und mich anschließend noch zum Mittagessen einzuladen. Unglaublich, diese Leute. Undenkbar in Deutschland. Am Nachmittag bin ich wieder in der Stadt und checke in meinem alten Hotel ein. Um die Ecke befindet sich das berühmte politische Marionetten-Theater der Stadt. Den Sohn des Puppenspielers, der ein bekannter Künstler ist und in Moskau lebt, hatte ich kennengelernt. Es gibt einen wunderschönen Vorplatz mit einem Turm, wo um 12 Uhr mittags die Marionetten herauskommen, ähnlich dem Münchner Rathaus. Einer meiner Lieblingsplätze der Stadt. Kurzer Anruf bei Reza, am Abend kommt er wieder. Das ist unser Literaturabend, wir lesen zahlreiche klassische Gedichte. Aber auch an dem Abend muss er um Mitternacht verschwinden.

Am nächsten Tag fahre ich nach David Garuja, ein Höhlenkloster an der Grenze zu Aserbaidschan. Dorthin ist der Weg mühlselig und lang, aber wunderschön und ich bin fast den ganzen Tag unterwegs.

Was mir in diesen Tagen in Tiflis auffällt ist, dass es in der Stadt sehr viele alte Opel Astras gibt, die ca. 20 Jahre auf den Buckel haben, viele rote. So was habe ich zu Hause, ist mein Gedanke, der TÜV läuft im März ab, interessant. Überhaupt fahren hier lauter deutsche Autos durch die Gegend. So etwas verfestigt sich schnell in meinem Hirn.

An diesem Abend kommt Reza nicht, ich kann ihn auch telefonisch nicht erreichen. Nun, wie sich am nächsten Tag herausstellt, hat seine Freundin eine SMS von mir gefunden und ihm das Leben zur Hölle gemacht, so konnte er nicht weg. Dafür kommt er am nächsten Tag schon ziemlich früh ins Hotel und wir haben viele gemeinsame Stunden. Aber auch diese Zeit fängt an zu ticken. Meine Abreise naht. Fest steht, dass wir uns ineinander maßlos verliebt haben. Ich bewundere seinen Erfolg in jungen Jahren, sein unglaubliches Wissen über Literatur, die Warmherzigkeit, irgendwie einfach alles. Er bewundert wiederum meine Unabhängigkeit und Selbständigkeit, die neuen Ideen und Impulse, die ich ihm gegeben habe. Der Spruch kam öfters: Du hast mein Leben verändert.

Diese Idee, mein altes Auto nach Tiflis zu bringen, kam mir eben am Tag vorher. Hatte zwischendurch mit meinen Mann geskyped und er hatte nichts weiter dagegen. Als ich diese Idee Reza vorschlage, denkt er zuerst nicht, dass ich es ernst meine. Die Frage ist nur, wie bringt man so ein Auto da runter? Nachdem es nur so wimmelt von deutschen Autos, denke ich, möglich muss das in irgendeiner Form sein. Wie funktioniert das mit Papieren? Legal muss es sein, sonst wären nicht so viele Autos hier. Ich habe beschlossen diesbezüglich am Ball zu bleiben. Und wenn ich was im Kopf habe, ziehe ich das in der Regel durch. Meine erste Idee war allerdings, dass er das Auto holt. Am Freitag besuche ich ihn dann in seinem Büro, es regnet in Strömen und ich komme völlig durchnäßt an. Wir gehen zum Essen, reden viel, Abschiedsstimmung. Er bringt mich nach Hause, kommt aber diesmal nicht ins Hotel mit, wir verabschieden uns und da meine Abreise am nächsten Tag ansteht, will er mich zum Flughafen bringen. Ja und da ist er dann, der Abreisetag. Regen in Tiflis. Reza holt mich ab und meint: Der Himmel weint, weil du abreist, du wirst wieder kommen.

Mit Tränen stehe ich am Flughafen. Was für eine Reise! Sehen wir uns wieder, Urlaubsflirt? Oder doch mehr? Wir tauschen unsere Adressen aus. Mit John war ich in der ganzen Zeit auch in Mailkontakt. Er hatte Reza kurz kennengelernt und nach meiner Abreise zu einem Empfang eingeladen. Aber am Flughafen ist uns beiden klar, dass das nicht das Ende sein wird. Ich habe versprochen mich wegen des Autos schlau zu machen.

Ich werde im nächsten Jahr wieder kommen. Ich hatte auch Armenien auf der Liste, das ging sich zeitlich nicht aus. Also sowieso ein guter Grund noch mal in diese Richtung zu fahren. Wir werden mailen, skypen, chatten, Medien sei Dank. Habe ich meine große Liebe gefunden? 20 Jahre Altersunterschied? Geht das? Persische / deutsche Kultur, passt das? Fragen, Fragen, Fragen. Abflug.

# München, Herbst 2012

1. September war ich wieder in München. Am nächsten Morgen fuhr Thomas für eine Woche zu seinen Eltern. Meine große Tochter Hannah war bereits ausgezogen und Sarah steckte mitten in den Abiturvorbereitungen und war in der Tanzschule beschäftigt. So hatte ich die erste Woche für mich alleine und konnte mich meinen Träumen hingeben und mich langsam wieder an den Alltag gewöhnen. Meine erste Arbeitswoche verlief super. Jeder sprach mich an, ich sähe so entspannt und gut erholt aus. Meine Begeisterung für Georgien kannte keine Grenzen. Mit Reza war ich am Mailen, das folgende Wochenende fand die Party bei John in Tiflis statt. Wie gerne wäre ich dabei gewesen.

Die Idee mit dem Auto verfestigte sich in meinem Kopf. Ich erzählte meiner Freundin und Kollegin Farah davon. Farah hat einen arabischen Vater und eine deutsche Mutter, die im diplomatischen Dienst in Bonn gearbeitet hat. Sie wurde in Saudi Arabien geboren, ist aber in Bonn aufgewachsen. Es gibt zahlreiche Verwandte im Orient und sie kennt die Mentalität sehr gut. Sie ist in meinen Orientfragen zu meiner Topexpertin geworden.

Als ich ihr die Idee mit dem Astra erzählte, meinte sie, sie hätte vermutlich auch ein übriges Auto, einen grünen alten Mazda. TÜV läuft die nächsten Monate ab, sie würde sich bald auf die Suche nach einem anderen Auto machen und dann stünde der Wagen auch für Georgien zur Verfügung.

Aber zuerst war ich mit Vorbereitungen zu meinem 50. Geburtstagsfest beschäftigt. Eine mega Party mit ca. 100 Leuten steht an. Einige Gäste musste ich bei Freunden zum Übernachten unterbringen. Hatte auf jeden Fall einiges zu tun. Reza war mit seiner Restauranteröffnung beschäftigt, aber irgendwie kam mir so vor, als ginge das langsam oder nur schwer voran. Geplant war eine Eröffnung im August, bis es endgültig so weit war, gingen noch einige Wochen vorbei.

Reza und John standen weiterhin in Verbindung, John war einer der ersten Gäste schlussendlich Ende Oktober.

Nachdem der Alltag wieder voll im Gange war, wurde das mit dem Mazda konkreter. Auf einmal meinte Farah, du, die Karre kannst du im November haben. Oops, das geht aber schnell. Ich begann, diverse Erkundigungen einzuziehen, der Verkauf an sich, schien problemlos zu sein. Auch hier die Exportschilder zu bekommen ist relativ aufwandslos. Als ich Reza von dem Auto erzählte, war er ganz aus dem Häuschen. Unglaublich, er konnte gar nicht fassen, was ich alles für ihn tun würde. Nun, uns war allen nicht so ganz klar, ob wir das Auto verschenken, oder verkaufen, oder das als zukünftige Einnahmequelle sogar in Betracht gezogen werden könnte. Anna als Autohändlerin zwischen Deutschland und Georgien hat so einige Schmunzeleien hervorgerufen. Eine verrückte Idee, die klappen könnte, zumindest zwischendurch. Aber das weiß man alles erst, wenn man es ausprobiert. Man muss eine Menge Geld an Einfuhrsteuer und Zoll bezahlen, und das muss man dann ja auch erst wieder rein bekommen. Also Auto war klar, dass wir es bekommen, aber wie kommt es nach Tiflis?

Ich kenne schon ein paar ähnliche Spinner wie mich, und hatte als erstes an den Sohn eines Freundes gedacht. Der hatte grundsätzlich Lust dazu, aber zu dem Zeitpunkt keine Zeit. Dann dachte ich an Mike, den Freund meiner älteren Tochter. Australier und Abenteurer, der macht das sicher. Wenn der sich einen Spezl aus der Arbeit schnappt, bringen die das Ding da runter, war meine Überlegung. Nach meiner ersten Anfrage bei ihm kam nach zehn Minuten der Rückruf meiner Tochter. Wir fahren, und zwar am 30.11.

Mich hätte fast der Schlag getroffen: Du??? Du hast doch Uni? Ja, aber ich kann genau zehn Tage frei schaufeln. Na bravo, meine Tochter wird meinen Lover kennenlernen. So war das nicht gedacht. Hilfe. Und 3600 km durch den Balkan, ohne große Fahrpraxis, so war das doppelt nicht gedacht. Ja so ein Mist, kann ich ihr das wieder ausreden? Chancenlos. Meine Tochter wäre nicht meine Tochter ohne die gleiche Sturheit.

Jetzt ging das Organisatorische los. Etwas, das mir in die Wiege gelegt wurde. Mit Rundmails zwischen uns allen, Reza, Hannah, Mike,

Farah und mir habe ich in kurzer Zeit die Reise mit vorbereitet. Ca. eine Woche vorher mussten Mike und ich nach Augsburg um den Mazda umzumelden und die Exportschilder zu holen. Als quasi Nikolausgeschenk habe ich Schilder und Versicherung bezahlt. Mit Hilfe von ADAC-Karten und türkischen Freunden, die die Strecke gut kennen, haben wir alle möglichen Tipps eingeholt. Meine Sorge: hält die Karre? Wie wird das Wetter um diese Jahreszeit sein? Können die das? Zumindest Mike hat ja Fahrpraxis.

Was für eine Aufregung, ich stand in Regem Mail-Kontakt mit Reza. Sag bitte nichts von uns und erzähl meine Eheprobleme nicht meiner Tochter. ICH sollte in dem Auto sitzen.

In der Zwischenzeit wurde für mich auch klar, dass ich eine Trennung von Thomas brauchte. So ging es nicht weiter. Auf meinem Geburtstagsfest wurde das auch allen Gästen klar. Die Kälte zwischen uns war unerträglich geworden. Aber wie sage ich es? Wie spricht man mit einem Mann, der nicht spricht? Wie sage ich es, ohne ihn zu verletzen? Es war ja nicht so, dass wir uns hassten. Geschäftlich harmonierten wir zusammen, auch als Eltern, aber als Ehe, nicht mehr möglich. Absolut nicht. Sarah hatte bald Abitur. So lange musste ich es noch aushalten, aber das Gespräch musste vorher stattfinden. Wann? Wo? Irgendwann habe ich beschlossen, auf unser jährlichen Dubaireise zu Ostern die Katze aus dem Sack zu lassen. Dort wären wir beide nicht arbeitsgestresst und könnten eine vernünftige Lösung suchen. Ostern, Trennung. Beschlossen. Zum Glück bekam ich viele Ratschläge von allen Seiten, sonst wäre das am Ende nicht so harmonisch verlaufen. Ich habe die Ratschläge auch befolgt. Das Ehe-Ende hatte nichts mit Reza zu tun und wäre sowieso gekommen. Da wir eh schon getrennt gelebt haben, war es eigentlich nur noch Formsache. Wir verstehen uns bis heute gut, keiner macht dem anderen Stress und es gab keine bösen Worte. Ich kenne da ganz andere Trennungsgeschichten.

Also, die Kinder, am 30.11. fuhren sie los. Ich bestand auf eine tägliche Rückmeldung. Ich weiß, wie am Balkan und in Georgien gefahren wird und ich hatte echt Angst um die beiden. Sechs Tage später waren sie in Tiflis bei Reza. Wie auch bei mir verlief Vieles etwas chaotisch, aber eben, der Orient lässt grüßen. Das Auto hält bis

Tiflis, ein Reifen ging aber dort kaputt und erst dort stellen siefest, ohne Ersatzreifen losgefahren zu sein. Glück muss man haben. Ihre Reise war anstrengend aber schön. Sie waren vier Tage bei Reza, hatten auch seine Geschäftspartner und John kennengelernt, in seinem Restaurant gegessen und spannende zehn Tage gehabt.

Ich hatte natürlich die Reise mit Spannung verfolgt und ein wenig Neid kam auf. ICH sollte in dem Auto sitzen! Nachdem sie sechs Tage gefahren waren, kam bei mir der Konkurrenzkampf auf: Mutter kann das schneller! Da mir in der Zwischenzeit auch etwas klarer wurde, dass es für Reza gar nicht so einfach war, all die Visas zu bekommen, hatte ich beschlossen, selbst das nächste Auto nach Tiflis zu fahren. Reza sollte mich auf dem Weg dorthin irgendwo abholen. Da er ohne Visum in die Türkei reisen kann, beschloss er an der bulgarisch-türkischen Grenze auf mich zu warten. Ich musste meine Termine mit der Arbeit abklären, was aber problemlos ging. Wie das mit dem Auto funktioniert, wussten wir jetzt. Geistig hatte ich ja schon jede Kurve der Strecke vor mir. Von meinen Schülern, die aus allen Nationen kommen, konnte ich sämtliche Währungen vorab umtauschen. Mein Ziel: so schnell wie möglich nach Edirne zu fahren. Danach war alles andere egal. Und wie der Zufall es so wollte, bot ein Freund von mir, ein weiteres Auto zum späteren Transport für Georgien an. Auf dem war allerdings noch etwas länger TÜV drauf, insofern keine Eile und ich konnte einen Ford Fiesta für 200 € im Februar abholen.

Weihnachten verbrachte ich bei Thomas' Familie, ein letztes Mal. Ich bin kein Weihnachtsfan, aber wollte das der Familie zuliebe noch einmal mitmachen. Silvester feierten wir bei Freunden und dort war mir absolut klar, dass 2013 das Jahr der großen Veränderungen sein würde. Welch unglaubliche Dinge noch passieren würden, war mir allerdings nichts bewusst.

# München 2013

Ich fieberte also zum Einen meiner Reise nach Tiflis entgegen, zum Anderen hatte ich Sorgen wegen des Gesprächs mit Thomas in Dubai. Finde ich die richtigen Worte? Wie wird er reagieren? Ich spürte schon so lange wie unglücklich auch er war, aber die Konsequenzen zu ziehen ist doch ein großer Schritt, der einerseits Freude auslöst aber auch Ängste. Ich habe noch nie alleine gewohnt. Schaffe ich das alles? Will ich es wirklich, was heißt es am Ende?

Ich konnte mich auch die ganze Zeit um mich selbst kümmern, da meine beiden Töchter sehr selbständig sind. Hannah meisterte ihre Prüfungen, und Sarah war eine exzellente Schülerin, die man einfach in Ruhe lassen muss, dann macht sie ihre Sache gut. Ich holte also im Februar den Fiesta, der erstmal vorläufig unser Familienauto werden würde. 200 €, da kann man nicht viel falsch machen. Als ich zur Münchner Zulassungsstelle fuhr, war an dem Tag extremes Schnechaos. Vielleicht lag es daran, aber an der Zulassungsstelle ging der ganze Papierkram erstaunlich schnell über die Bühne. Knapp zwei Stunden, dann hatte ich alles für den Export des Astras und den Fiesta umgemeldet. Ein Foto vom Auto ging nach Tiflis und in ca. einer Woche würde es losgehen.

Mein Kopf war nur noch bei Reza. Wir haben x-mal geskypt und gemailt und telefoniert. Mein Plan war, am 7. März aufzubrechen, gleich nach dem Unterricht, so weit wie möglich zu kommen, um am 8. März am Abend in Edirne zu sein. Wenn das Wetter mitspielt, kein Stau ist, und der Wagen hält, sollte das funktionieren. Von Brotzeit bis Währungen hatte ich alles vorbereitet, um wirklich nur Gas geben zu können.

# März 2013 - Reise

Der 7. März, ein Traumtag! Was sich schon im Laufe der Woche angedeutet hatte, nach einem elend langen Winter, der Frühling machte sich breit. Wettervorhersage für Donnerstag, sonnig und mild. In der Schule hatte ich noch Mittag gegessen, zu Hause auf die Toilette und los ging es, 14 Uhr. Ein Freiheitsgefühl wie damals in Daglfing als die S-Bahn-Türe zuging. Eingepackt waren noch zusätzlich ca. 100 Bücher, da ich meine Regale aussortiert hatte, und ein Sprachlehrer und Literaturmann die Bücher brauchen konnte. Hannah hatte mit dem Mazda schon einige mitgenommen. Auf der Autobahn bis Salzburg kein Verkehr. Ich kann das Gaspedal durchdrücken.

Österreich: super Wetter, kein Verkehr, keine Wartezeiten an den Tunnels, Villach nahe. Durch Österreich fahre ich zivil, die Strafen für Geschwindigkeitsübertretung sind mir dort zu teuer.

Slowenien: gut, habe ich meine Vignetten alle vorher besorgt, meine Tochter hatte 150 € Strafe bezahlt, weil sie das Häuschen übersehen hatten. Es wird dunkel, leichter Regen, kalt, nicht so gut. Aber durch Slowenien geht es ziemlich zügig, trotz einsetzenden Berufsverkehrs, Regen und Dunkelheit.

Kroatien, die Grenze naht, die Temperaturen steigen, Frühling. Keine Wartezeit an der Grenze, ca. 19 Uhr, bald kommt Zagreb. Kurze Pause, SMS an Reza um meinen Stand durchzugeben. Wie lange fahre ich? Bis 22 Uhr dachte ich, irgendwo kommt sicher was an der Autobahn. Kein Verkehr, trocken, gute Straßen, leichtes Vorankommen. Kein Hotel weit und breit. Nun, ich denke, irgendwann kommt eins. Dann tatsächlich, es ist 22.05 Uhr, ein großes Motel direkt an der Autobahn, perfekt. Ich scheine der einzige Gast zu sein, obwohl die sicher 100 Zimmer haben. Ich bin sechs km von der serbischen Grenze entfernt. SMS an Reza, wenn es so weitergeht, bin ich am Nachmittag schon in Edirne. Nachts wache ich auf, Sekunden später eine SMS von Reza, er sitzt im Flugzeug nach Istanbul, bald werden wir uns sehen. Um 7.30 Uhr gibt es Frühstück, ich möchte schon früher los, aber vielleicht ist es besser ausgeschlafen zu sein. Als ich am Morgen aufbreche, ist er schon in Istanbul gelandet.

Ich fahre los, das Wetter ist sensationell schön. Serbien, kein Auto unterwegs, bis Belgrad Autobahn, aber die Straßen werden schlechter. Nach Belgrad wird die Straße erst mal einspurig, ich schleiche den Lastern hinterher, shit. Aber dann doch, 20 km weiter, wieder Autobahn. Serbien und Bulgarien sind die schlechtesten Straßen, alle haben mich gewarnt. Irgendwann klingelt mein Handy. Bis ich es finde, ist der Anruf weg, kein Rückruf möglich. Nun, er wird sich wieder melden. Kurze Kaffeepause, ein Sandwich, weiter geht's. Nis, die Autobahn hört auf. Die Versöhnung, Traumwetter und schöne Landschaft und trotzdem zügiges Vorankommen, ich fahre wie eben am Balken, Gas geben. Bulgarien, Nachmittag. Grenze geht flott, Sofia, mein Gott, zockel, zockel. Zwischen Sofia und Plovdiv soll die schlimmste Strecke sein, wurde ich gewarnt. Große Schlaglöcher, Laster, ich überhole, gebe Gas, komme vorwärts. Fahre genauso wild und verrückt wie die Leute dort. Anruf von Reza, endlich. Er ist schon in Edirne, stöbert ein wenig in den Geschäften, wie lange noch. Zwei bis drei Stunden, ich weiß es nicht, ca. 18 Uhr, keine Ahnung, ruf noch mal an. Plovdiv, kein Schild Istanbul, shit, wo muss ich hin? Wie heißt die Grenzstadt, keine Ahnung. Ich muss viel fragen, mitten durch die Stadt, aber ich schaffe es. 100 km bis Edirne, jahu, ich komme hin mit der Zeit, wenig Verkehr, würde vor Dunkelheit gerne ankommen. Ein weiterer Anruf, bald, ich komme 18.30 Uhr, circa, bis gleich.

Und ja, die Dunkelheit kam mit Erreichen der Grenze. 18.30 Uhr, geschafft! Ich bin nach Edirne praktisch geflogen mit meinem 20 Jahre alten Opel Astra. UND, ich bin noch NIE, außer in der Schweiz, im Ausland mit dem Auto gefahren!

Grenze, es dauert, die Türken sind ganz genau mit den Papieren, Kofferraum auf. Ich habe noch fünf Ersatzreifen dabei. Aber alles kein Thema. Und bei der letzten Kontrolle, da steht er!! Reza! Ich kann es nicht glauben. Nach sechs Monaten sehen wir uns in Edirne an der Grenze und fallen uns um den Hals.

Wenn ich an all das denke, der Zufall in der Metrostation in Tiflis, das absolut super leichte Exportieren der Autos, diese Reise, es musste einfach alles so sein. Schicksal, vermutlich.

Reza's internationaler Führerschein war abgelaufen, ahhhhhhhh. Ich muss die ganze Strecke also allein fahren, so war das aber nicht gedacht. Das schaffst du schon, klar, mit ihm schaffe ich alles. In Edirne suchen wir ein Hotel. Ich hatte, außer dem Sandwich in Serbien, eigentlich nichts zu essen den ganzen Tag. Aber in unserem Zimmer, da war an Essen nicht mehr zu denken. Wir haben uns keinen Meter mehr hinaus bewegt, und sind quasi in uns versunken. Reza hat noch nie eine ganze Nacht mit einer Frau verbraucht, wir sind am nächsten Morgen in unseren Armen aufgewacht, waren nur glücklich. Das Leben ist schön.

Ausschlafen können wir nicht. Wir wollen nach Samsun, ein langer Weg und nicht viel dazwischen. Wir haben etwas Schwierigkeiten eine Autobahnvignette zu bekommen, sind aber am Ende erfolgreich. Sonst hätte es eine saftige Strafe gegeben. Zwölf Stunden Fahrt, wir haben nur gequatscht, er muss zwischendurch mal auf die Strasse schauen. Durch Istanbul durch, auch das kein Problem. Mittagspause in einem kleinen Ort. Dann die Straße Richtung Samsun. Die Türken haben super neue und ausgebaute Straßen, es ist wenig Verkehr und die Reise verläuft ganz locker. Abends in Samsun ist es etwas schwierig ein Hotel zu finden, auch da gehen wir nicht mehr aus dem Zimmer. Ein wenig Schlaf brauche ich nach zwölf Stunden Fahrt allerdings auch. Die Besitzer des Hotels wohnten früher in München. Sie freuen sich sehr über unsere verrückte Geschichte und stellen uns zum Frühstück eine extra Portion mit Leckereien hin.

Das nächste Tagesziel: Batumi, Georgien. Die Strecke entlang des Schwarzen Meeres ist sehr schön. Wir legen einmal einen Strandspaziergang auf dem Weg ein, in Trabzon essen wir in einem super schönen Restaurant zu Mittag. Die Atmosphäre ist schön und entspannt. Die doch etwas gefürchtete Fahrerei erstaunlicher Weise kein Problem. Mit Sonnenuntergang in Batumi wird es allerdings doch nichts, da wir an der Grenze zwei Stunden stehen. Trotzdem eine sehr schöne Fahrt mit all den Pausen und natürlich mit Reza, der mich brillant unterhält. Batumi, dort wollen wir zwei Tage bleiben. Auch an dem Abend gehen wir nirgends mehr hin. Wir leben buchstäblich von Luft und Liebe. Das Autofahren in Georgien ist ein Albtraum. Es gibt keine Verkehrsregeln, schlechte Straßen ist gar kein Ausdruck, aber Reza delegiert mich gut durch das Chaos.

An unserem Pausentag gehe ich erst einmal eine Runde Joggen, mir tut schon der Hintern weh vom vielen Sitzen. Dann vertrödeln wir den Tag und genießen unsere gegenseitige Anwesenheit. In Batumi ist im Sommer die Hölle los, aber im März ist es dort sehr angenehm. Die letzte Etappe. Tiflis, es ist nicht weit, aber elendig zu fahren. Autofahren in Tiflis, man muss dazu entweder verrückt sein oder betrunken. Wir kommen vor dem großen Berufsverkehr an, und wieder muss mich Reza durch die Straßen führen, es geht ganz gut, ins Schwitzen komme ich jedoch mehrmals und am Ende bin ich froh, endlich das Ziel erreicht zu haben.

Reza ist zum dritten Mal umgezogen, also Chaos. Sein Zeug steht bei einem Freund, in der Bude ist nicht viel, aber uns reicht es. Er muss zwischendurch ein paar Dinge erledigen, aber widmet doch seine Zeit größtenteils mir. Da ich auch in Georgien für seine Freunde als Partnerin, Freundin, Beziehung, was immer auch, Tabu bin, kann ich keinen der Leute kennenlernen.

Erst heute verstehe ich, warum das so war. Er bewegte sich in iranischen Kreisen, hatte zwar ein paar georgische Freunde, aber sein Hauptkreis waren Landsleute. Die Georgier sind allerdings in der Regel auch sehr konservativ, was Beziehungen betrifft. Ich konnte also zu seinen Erledigungen nicht mit.

Auch Orient: „ich komme bald wieder". Bald, ist relativ. Wenn man jemanden trifft, muss man ein Schwätzchen halten, dann kann „bald" lange sein. Aber als erstes müssen wir das Auto ummelden. Nachdem er vom Mazda schon wusste, wie das geht, sind wir damit sehr flott. Abends kocht er für mich und verwöhnt mich wie eine Königin. „Meine Queen", ist sein Spruch. Am Donnerstag gehen wir in die berühmten Schwefelbäder, was sehr lustig ist. Wir bekommen ein privates Bad und eine dicke russische Dame massiert uns kräftig durch. Am Abend besuchen wir das berühmte politische Marionetten-Theater. Wir haben die Zeit genossen, jede Sekunde aufgesaugt.

Wir haben eine Intensität in dieser Zeit, die vermutlich nur wenige Leute auf dieser Welt erleben. Wir haben uns geliebt, diskutiert, uns gespürt, eine Tiefe, wie ich es noch zuvor in meinem Leben erlebt habe. Keine Sekunde haben wir den Altersunterschied gemerkt.

Sein Plan, über den er mich schon im Februar informiert hat, nach Freiburg zu gehen, um dort einen weiteren Master zu machen und seinen Doktor. Was ich davon halte, kenne ich Freiburg? Deutschland, erzähl, du hast mein Leben verändert. Georgien, keine Zukunft.

Man muss dazwischen schieben, nach sechs Wochen hatten sie das Fastfood Restaurant wieder schließen müssen, weil absehbar war, dass es nicht funktioniert. Für mich klar, fremdes Land und Mentalität, alle Geschäftspartner branchenfremd, noch nie aus dem Iran draußen. Im Prinzip von nichts eine Ahnung und Geld blind in den Sand gesetzt. Sein Plan war, wieder zu unterrichten, was sehr schnell sehr erfolgreich anlief. Aber das Geschäft und natürlich auch Geld verloren zu haben tat weh, plus ein persönlicher Misserfolg ist immer schmerzlich. Er wollte zwei Tage nach meiner Abreise in den Iran um seine Familie wieder zu sehen und das dortige Narusfest zu feiern, das entspricht ungefähr unserem Weihnachtsfest, was die Feierlichkeiten betrifft. Nach der Rückkehr wollte er den ILTS Test, ein Nachweis über entsprechende Englischkenntisse, erneuern, den er für die Uni in Deutschland nachweisen muss, und dann: Deutschland, wegen mir, wegen seiner akademischen Laufbahn, weg aus dem Iran, dort kann man nicht leben. So der Plan.

Unseren letzten Tag verbringen wir fast nur im Bett, schmieden Pläne über die Zukunft, diese tiefe Liebe werden wir nie aufgeben. Wir spüren uns, auch wenn wir nicht zusammen sind, wie gibt es das? Eine Seelenverwandtschaft, ein Traum? Aber alles real. Wir wussten, alles würde gut werden. Bei mir stand die schwere Reise nach Dubai an. Bei ihm das Wiedersehen mit der Familie. Im Mai, ich hatte vor langer Zeit einen Türkisch Kurs in Istanbul machen wollen und dazu schon den Flug gebucht, wollen wir uns dort wieder treffen.

Wir werden immer für einander da sein. Ich stand ihm, zumindest elektronisch, bei seiner Geschäftsniederlage zur Seite. Niemals wollen wir das, was wir haben, verlieren. Obwohl ich weiß, das ein so großer Altersunterschied auf Dauer zwischendurch vielleicht problematisch sein kann. Allerdings kenne ich diverse Paare in ähnlicher

Situation, und da läuft es seit vielen Jahren super. Aber diese Sensation, die wir haben, das macht uns so schnell keiner nach.

Da wir beide Lehrer sind und Kulturpersonen, harmonieren wir so gut zusammen. Er hat, was mir fehlt: Wissen, Gelassenheit, Geduld. Ich habe was ihm fehlt: Organisationstalent, Struktur, viel Mut zur Verrücktheit. Das hat er manchmal schon auch, aber ich bin zugegebenermaßen auch oder besonders für deutsche Verhältnisse ein sehr bunter Vogel.

Tag der Abreise. Reza bringt mich zum Flughafen. Mir laufen die Tränen über die Wangen. Neun Wochen bis Istanbul, das kriegen wir hin. Wir spüren uns so tief, aber das Leben geht weiter, wir müssen beide erstmal unseren Alltag meistern und die kommenden Aufgaben bewältigen.

Am 17. März um 13 Uhr komme ich in München an. Am Abend chatten wir auf Facebook. Auch am nächsten Tag, dem Tag vor seiner Rückkehr in den Iran. Wir spüren uns, wir fühlen uns, wir vermissen uns. Wir möchten nicht ohne uns sein. Reza verspricht, sich regelmäßig aus dem Iran zu melden.

Es verging dann doch fast eine Woche bis ich wieder von ihm hörte. Familie ist im Iran etwas ganz Wichtiges. Offensichtlich gab es irgendwo an der Küste einen Familienbesitz, wo sich alle getroffen haben und keinen Internetzugang. Als er wieder in Shiraz war, hat er mir gleich geschrieben, wir denken Tag und Nacht an uns. Er war schockiert über die Veränderungen im Land, aber nicht das Land, nein, er hat sich in einem Jahr Freiheit verändert. Kein Zugriff auf Facebook, soziale Netzwerke sind im Iran verboten, trotzdem gibt es 17 Millionen Facebook Nutzer. Er kann aus irgendeinem Grund nicht zugreifen. Wir lieben uns, vermissen uns, halten wir das aus bis Istanbul?

27. März, ich flog nach Dubai. Ich konnte dort kein Auge zu tun. Das Gespräch mit Thomas stand an. Wann ist der beste Augenblick? Am Strand in entspannter Atmosphäre. Dann ist es so weit. Am zweiten Tag, ich muss es hinter mich bringen. Am Strand, der berühmte Satz, ich muss mit dir reden. Da ich mir so viele Monate überlegt habe, wie ich das am besten anstelle, kam ich zu dem Entschluss keine Vorwürfe zu machen und keine Forderungen zu stellen. Ich

habe meine Sachlage erklärt, allerdings ohne Reza zu erwähnen, da er mit der Ehe nichts, aber auch wirklich gar nichts zu tun hat. Ich habe geschildert wie ich es sehe, und dass wir so nicht weitermachen können. Die Reaktion: du hast Recht, was machen wir? Ah, kein Vorwurf von seiner Seite, stattdessen spüre ich Erleichterung. Ja, kein Anwalt, keine Scheidung, die Kosten können wir uns sparen. Wir sagen es den Kindern nach Sarahs Abitur, ich suche Wohnung, ziehe aus, geschäftlich und als Eltern bleiben wir weiter verbunden. Thomas ist froh, dass sich endlich etwas ändert. Meine Energie hat ihn erdrückt, seine ruhige Art hat mich in den Wahnsinn getrieben. Endlich, Befreiung auf beiden Seiten.

Sofort teile ich es Reza mit. Auch seine Antwort kam postwendend: frei für ihn, klingt gut.

# April 2013

Thomas und ich genießen trotz allem den Urlaub. Jetzt, wo es ausgesprochen ist, geht es uns beiden besser. Kein Streit, kein Gezanke, wir benehmen uns wie erwachsene Menschen.

Von Reza höre ich erst im April wieder. Er konnte alles, was er erledigen wollte, nicht machen, da vieles geschlossen war durch die Ferien im Iran. Auch musste er zahlreiche Verwandte besuchen und sich um seine Schule kümmern, aber er hat alle Papiere zusammen, die er für die Bewerbung an der Uni Freiburg braucht, das einzige was fehlt der ILTS Test. Wir planen unseren Aufenthalt in Istanbul und er wird noch etwas bleiben, da es noch viel zu tun gibt.

Natürlich habe ich das verstanden, da deren Ferien unserer Weihnachts/Neujahrspause entsprechen, auch hier sind die meisten Leute weg und sind mit Besuchen beschäftigt, so dass die Zeit anderweitig vergeht. Da ich früher selbst jahrelang unterwegs war, weiß, dass, wenn man mal zu Hause ist, es immer viel zu erledigen gibt. Soweit alles im grünen Bereich.

Dann zwei Wochen später, eine weitere Mail. Er bleibt vorläufig im Iran. WAS? Aber natürlich ist das verständlich. Er hat in Shiraz eine Sprachschule, die vor allem sehr gut lief als er vor Ort war. Ein Jahr Georgien und es ist das passiert, was überall auf dieser Welt genauso passieren würde. Der Chef ist aus dem Hause und die Mäuse tanzen auf den Tischen. Er hat zwar immer wieder aus Tiflis angerufen und versucht telefonisch alles zu managen, aber eben. Eine Firma braucht, wie überall auf der Welt, den Chef präsent. Er hat dort Angestellte, die zwar ihre Arbeit gemacht haben, aber eben kein bisschen mehr. Als Kurse ausgelaufen sind, hat sich kein Mensch um neue Teilnehmer bemüht. Auch die Lehrer schienen sich nicht alle Beine auszureißen. Und so hat er die Schule mehr oder weniger in Trümmern vorgefunden, nicht so, wie er sich das vorgestellt hatte.

Sein Plan war ursprünglich von der Sprachschule in Deutschland zu leben. Mein Gott, was für naive Idee aus heutiger Sicht! Reza hatte die Lizenz in sehr jungen Jahren erhalten, wurde aber nicht nach seiner Qualifikation gefragt, sondern musste den Mullahs drei Tage lang erklären, warum er nicht verheiratet war. Zwischenzeitlich wurde die befristete Lizenz in eine richtige umgewandelt und nebenbei hatte er einen Visa-Service für Auswanderer nach Kanada. Er kann fließend Französisch, hat sich bei Leuten, die nach Quebec ausreisen, um die Papiere gekümmert. Wegen des Embargos musste er die Geldtransaktionen aus Dubai und Damaskus durchführen und war von daher öfter unterwegs. Dann aber hatte Quebec die Zusammenarbeit mit ihm beendet, was wohl auch mit dem Embargo zusammenhing. Aber die Schule lief gut, er hatte phasenweise 17 Lehrer, die für ihn an seiner Schule unterrichteten.

Jedoch nach seiner Rückkehr scheint alles nicht mehr so wie es war. Er will nicht ohne Geld nach Deutschland und vorher Deutsch lernen. Klingt vernünftig. Trotzdem sitze ich heulend am PC. Wir telefonieren am nächsten Tag meint er, er wird versuchen, es für das Herbstsemester zu schaffen.

Wieder fast zwei Wochen nichts bis ich eine Mail plus copy bekomme. Er hat inzwischen Kontakt mit dem Freiburger Institut aufgenommen und die Nachricht bekommen, dass er den Englischtest nachreichen könnte, daran sollte seine Bewerbung nicht scheitern.

Good news! Trotzdem beschleicht mich das Gefühl, dass sich irgendetwas verändert hat. Ich habe ein sehr gutes Gespür für Dinge und mir kommt da Einiges einfach merkwürdig und anders vor. Ich schreibe viele Mails, aber seine Antworten dauern sehr lange. Wobei man sagen muss, dass im Orient so was wie Privatleben nicht existiert. Eine ganz lange Mail kommt morgens um 4 Uhr von ihm, nur in der Nacht hat endlich seine Ruhe um mir zu schreiben. Natürlich verstehe ich das, aber es beschäftigt mich trotzdem und mein Bauchgefühl sagt mir, dass etwas nicht stimmt.

Mein Bauchgefühl. Ich bin in jungen Jahren meistens alleine durch alle möglichen Länder mit dem Rucksack gereist. War Monate in Südamerika und Asien unterwegs, lange in Afrika, viele Länder davon habe ich alleine bereist. Dort kann man, wenn man kein Bauchgefühl entwickelt, gefährliche Situationen mit dem Leben bezahlen. Ich habe dieses Gefühl sehr intensiv, vielleicht auch, weil ich nie einen Fernseher besessen habe und mir das Leben live ansehe, nicht auf einem Bildschirm, weil ich täglich mit vielen verschiedenen Menschen zu tun habe und offen bin, für die natürlichen Dinge des Lebens.

Ich habe wieder eine Zeit nichts gehört, erst kurz vor Abflug nach Istanbul. Er hat es versäumt sich um unsere Unterkunft zu kümmern, grrrrrrrrrr. Versprochen war es, keine böse Absicht, aber Orientmentalität. Auch, „ich hol dich dann vom Flughafen ab", geht nicht, weil er keinen Flug mehr an dem Tag bekam und so fliegen muss, dass er erst am nächsten Tag am frühen Morgen landet. Wieso kann man sich denn um so nebensächliche Dinge wie Flugticket Buchen nicht rechtzeitig kümmern, sondern erst ein paar Stunden vorab? Trotz der Kurzfristigkeit beim Buchen, sollte sich herausstellen, dass andere Personen damit auch kein Problem haben.

Aber in dem Augenblick bin ich richtig sauer. Er beruhigt mich. Er liebe mich nach wie vor, mehr als je, freut sich auf das Wiedersehen, zählt die Sekunden, alles wird gut.

Ich habe in der Zwischenzeit Hannah von der bevorstehenden Trennung erzählt, sie hat damit zum Glück kein Problem. Sie wohnt sowieso mit ihrem Freund zusammen, und meint, zusammengepasst hätten wir eh nie. Stimmt. Dass ich mich mit Reza in Istanbul treffe, davon wissen nur sehr wenige Leute. Ursprünglich war ja ein Türkischkurs geplant, den ich aber aufgegeben habe, nachdem ich die Sprache nicht mehr wirklich brauche. Schade, da ich inzwischen alles vergessen habe. Also steht eine Woche allein mit Reza an, unser beidseitiges Herzklopfen ist groß.

# Mai 2013 – Istanbul

Am 19. Mai komme ich in Istanbul an. Es ist richtig heiß. Ich habe vorab ein Hotel gebucht und Reza die Bestätigung geschickt. Ich muss den Nachmittag und Abend alleine verbringen, aber Istanbul ist eine aufregende Stadt. Ich war schon zuvor im Rahmen eines Familienurlaubs hier und kann mich an viele Details erinnern. Ein Vorteil, dass ich mich auskenne. Die Atmosphäre dort einzusaugen ist eine spannende Beschäftigung. Insofern vergeht der Tag ganz schnell. Ich gehe früh ins Bett, da Reza's Flugzeug gegen 6 Uhr morgens eintreffen soll.

Nachts wache auf. Ich wache nie nachts auf, wenn ich schlafe, dann schlafe ich, aber wie damals in Kroatien, als ich seine Sms quasi gespürt habe, bin ich plötzlich hellwach, Sekunden später kommt die SMS: bin im Flugzeug, zähle die Sekunden. Ich spüre ihn so intensiv, immer, das ist einfach unglaublich. Deswegen weiß ich, oder kann mir denken, was in dem Land passiert. Und mein Gespür verrät mir, wie stark unsere Verbindung ist.

Bis ich aufwache, klopft es an der Tür. Da steht er. Der Wahnsinn. Wir fallen uns um den Hals und kuscheln erst mal ein Runde im Bett. Es gibt so viel zu erzählen. Von uns beiden. Bei mir die Trennung. Meine Wohnungssuche gestaltet sich als äußerst schwierig, während ich in Istanbul bin, wird mir eine Wohnung vor der Nase weggeschnappt. Aber sonst bei mir, alles im grünen Bereich. Deutschland, Wirtschaftswunder, liberal, tolerant, zumindest im Vergleich zu den meisten anderen Ländern. Wann kommst du endlich.

Reza: Iran, alles schwierig. Die Situation mit der Schule, er wohnt im Haus seiner Schwester, auch um Geld zu sparen, da er ja wieder weg will. Die Schule, alles nicht einfach, das System dort, Freiburg, wir quatschen und quatschen. Dennoch spüre ich eine leichte Distanz. Ich frage nach den Büchern, die ich ihm damals alle gegeben habe. Dann kommt die Geschichte dazu: er hat die Bücher in Georgien eingepackt und nach Teheran mitgenommen. Dort wurde er nach der Landung erstmal in ein Zimmer abführt und befragt. Am Ende wurden alle Bücher abgenommen! Angeblich kann er sie bei Rückreise nach Georgien wieder bekommen. Auf einem Cover war eine halbnackte Brust zu sehen, das geht natürlich gar nicht. Auch Harry Potter darf man wohl im Iran nicht lesen. Es ist nicht zu fassen. Er war total verärgert und meinte, auf meinem i-Pad habe ich Bücher runtergeladen, dann müssten sie diese ja auch beschlagnahmen. Fazit von Reza: Die Mullahs sind einfach nur dumm. Aber ins Schwitzen kam er in der Situation schon.

Wir laufen durch Istanbul, besuchen ein paar Sehenswürdigkeiten, genießen die Stadt. Ich habe mich natürlich in der Zwischenzeit sehr mit dem Iran beschäftigt, auch als Mitglied von Amnesty International. Ich weiß, wie die Menschrechte dort mit Füßen getreten werden: grauenhaft. Frauenrechte zero. Die Wahlen stehen an. Der einzig liberalere Kandidat darf nicht zur Wahl antreten. Reza ist enttäuscht über sein Land. Es werden ständig Menschen hingerichtet, ausgepeitscht, ein Albtraum. Reza's Onkel wurde vor vielen Jahren vom Regime ermordet. Den Körper bekam die Familie nicht einmal für eine ordentliche Beerdigung zurück.

Am nächsten Morgen beim Frühstück verweist Reza auf zwei Iraner, die im gleichen Hotel sind und die er aus Shiraz kennt, zumindest vom Sehen. Angeblich Geschäftsleute. Wieso sagst du nicht hallo, wenn du sie kennst? Aber no-go, mit mir sowieso. Hier entwickele ich ein sehr ungutes Gefühl. Die beiden tauchen auffällig oft auf, an den gleichen Orten wie wir. Sie reisen ein oder zwei Tage vor uns ab, aber bei den beiden kam mir etwas sehr komisch vor. Reza meinte, das sind Leute, die Geschäfte mit türkischem Billigkram machen, sieht man doch. Tut man das? Mich beschleicht ein ganz anderes Gefühl. Wie Recht ich haben sollte, stellte sich erst später heraus.

Meine Frage war, kannst du denn von dieser Diktatur einfach so weg, ohne dass du irgendjemandem Rechenschaft ablegen musst? Was hast du deiner Familie gesagt? Was in der Schule? Was denkt dein Umfeld?Die Antwort: ich bin ein freier Bürger, ich kann manchen, was ich will. Außerdem erkundige ich mich hier nach Sprachkursen, und Rechenschaft muss ich gar niemandem ablegen.

Ah, habe ich ein falsches Bild vom Iran? Alles wunderbar? Oder täuscht er sich? Westliche Propaganda kann auch übel sein, aber Iran? Da kann man doch nicht machen, was man will. Oder doch? Warum haben sie dann die Bücher konfisziert, wenn doch alles so „frei“ ist?

Reza ist überzeugt, dass er nichts falsch macht und, zumindest als Mann, seine Freiheit hat. Wir fahren an dem Tag an einen Strand außerhalb der Stadt. Es ist nichts los, der Strand ist auch nicht so prickelnd, aber es ist schön dort. Wir essen in einem Strandcafe. Mir fällt auf, dass sein Benehmen sich leicht verändert hat gegenüber Georgien, Nuancen, aber ich merke sie. Er lebt dort in einer reinen Männergesellschaft, Machos, mit Frauen kein Kontakt, wen wundert es. Aber wir quatschen viel, verstehen uns gut. Lachen, brauchen nur eines der Betten im Hotel und alles scheint zu sein wie immer.

Am nächsten Tag machen wir einen Stadtbummel, spazieren über die Galata Brücke und entdecken einige wunderschöne historische Cafés. Am Nachmittag sind wir zum Hotel zurück und er muss in seiner Schule anrufen, Fatima Askari, seine so was Ähnliches wie stellvertretende Geschäftsleiterin. Wie heißt die?? Fatima Askari. Fatima, ich kenne den Namen. Woher? Ah, eine Fatima Askari hat öfters versucht über Skype Kontakt mit mir herzustellen. Hä? Was soll das denn? Ich habe nie geantwortet, bekam aber Kontaktanfragen in regelmäßigen Abständen. Ein Automatismus wie sich später herausstellt, aber die Anfrage war da und zwar im September. Reza hat zwei Skype Accounts, das erste, das wir benutzt haben, dazu hat auch Fatima Zugriff, weil das über seine Schule in Shiraz läuft. Dann ein Neues, quasi ein privates, mit dem wir ab Oktober weiter gemailt haben. Ich zeige ihm das Account auf meinem Rechner. Wieso war denn sein Foto von seinem Skype Account verschwunden, er war das nicht? Also Fatima hat Zugriff. Frauen auf der ganzen Welt sind doch gleich. Ich mache jede Wette, sie hat unsere Chats gelesen. Ich meine, ich würde Fatima auf der Stelle rausschmeißen. In der Privatsphäre des Chefs rumzuwühlen, das geht ja mal gar nicht. Er sei auf sie angewiesen, das ginge nicht. Nun war mir klar, dass hier etwas nicht stimmt. Zum Einen bin ich das große Geheimnis, tabu für ihn dort, er benimmt sich im Iran auch so wie er es muss, nämlich keusch und sauber. Keine Frauengeschichten, absolut keine. Dann liest Fatima unsere Chats. Sie waren zu diesem Zeitpunkt noch nicht so intim, aber eindeutig und mit Sicherheit meilenweit zu viel für iranische Verhältnisse. Und wer bitte pfuscht in seinem Konto herum? Klär das ab, sage ich. Das geht doch nicht. Ich weiß nicht, ob ihm damals schon so etwas wie eine Ahnung kam, oder ob er die Sache unterschätzte, ich wusste nur, dass er das nicht lustig fand. Gesprächsbedarf, aber auch heißes Pflaster, da ich no-go bin. Für ihn eine fürchterliche Situation. Ich weiß. Wie kommt er da raus? Was würde er machen? Er muss es abklären. Welche Rolle spielt Fatima? Er vertraut ihr blind. Immer ein fataler Fehler jemandem blind zu vertrauen, im Iran sowieso und einer Frau, in der Situation, in dem Land. Meine Alarmglocken läuten auf allen Kanälen.

Er wird sich darum kümmern, wenn er zurück ist. Hoffentlich. Am Nachmittag besprechen wir diverse Dinge, als es an der Tür klopft. Ein Angestellter möchte die Minibar checken. Was ist das denn? Ich reise seit 30 Jahren. Eine Minibar wird aufgefüllt, wenn die Putzfrau da ist, oder man ruft an der Rezeption an, wenn man was braucht. Wir sind im Zimmer, was bitte soll das. Aber gut, er macht sich mit was wichtig und geht wieder. Merkwürdig, denke ich. Als wir zum Abendessen das Hotel verlassen, wieder die beiden Männer aus Shiraz in der Hotelhalle. Warum sind sie immer da, wenn wir kommen, wenn wir gehen? Ich spüre deren Blicke.

Wir dachten am Anfang, wir würden ans Meer fahren, können aber das Hotel nicht stornieren, weil wir über Internet gebucht haben. Ausrede? Ich weiß es bis heute nicht. Aber irgendwie passt ja nichts zusammen. Am nächsten Tag, ein anderer Strand, Reza kennt einen. Mir ist es egal, bisschen raus aus dem Getümmel ist eine gute Idee.

In dieser Ecke am anderen Ende von Istanbul ist es sehr schön, aber so richtig Strand ist das nicht, egal. Wir sitzen in der Wiese, dann kommt es wie eine Bombe. „Wie stellst du dir das Leben in den nächsten zehn Jahren vor?" Weiß ich doch nicht, weiß ja nicht mal das nächste Jahr. Er liebt mich über alles, aber es muss mir klar sein, dass wir vermutlich nicht ewig zusammen sein werden. Hä, ja natürlich ist mir das klar, ist ja in jeder Beziehung so. Er möchte vermutlich auch mal mit einer jungen Frau eine sexuelle Beziehung haben. Ich höre den Iran heraus. Ich weiß, dass er in Tiflis ganz anders gesprochen hat. Ich weiß auch, das seine Familie ihm jeden Tag eine andere Frau zum Heiraten vorstellt. Natürlich weiß ich das. Ich spüre seine Hin- und Hergerissenheit zwischen westlichem Denken und seiner Heimatgefühle und Familienverbundenheit. Was war im Iran, das ich nicht weiß? Dass die jungen Männer dort, aufgrund der Unterdrückung, alle sexuelle Probleme haben, liegt klar auf der Hand. Ich hatte auch immer gesagt, er soll in Deutschland darüber mit einem Psychologen oder einer Fachperson sprechen. Aber mir kommt vor, als rücke er völlig von mir ab.

Wir gehen zu einem Cafè, er fragt, „Bist du jetzt beleidigt oder sauer?". „Ja", sage ich, „schon". Irgendwie trifft mich das. Ich weiß nicht, an dem Tag haben wir nicht mehr viel gesprochen, er ist von mir abgerückt, in der Nacht streiten wir, ich schlafe keine Minute, er legt sich am frühen Morgen aufs andere Bett, als er einschläft, ziehe ich mich an und laufe stundenlang durch Istanbul.

Was ist passiert?? Ich liebe ihn. Soll ich ihn rausschmeißen und den Rest der Woche alleine verbringen? Ich spüre auch, dass ihn etwas steuert, das nicht er ist. Ich weiß, wie wichtig ich für ihn bin, dass er mich liebt, aber da ist etwas, die Kultur, die Männergesellschaft, die Familie, die ihn fest im Griff haben. Fatima hat seine Bewerbung gestern nach Freiburg geschickt. Er will nach Deutschland, natürlich unter anderem wegen mir. Vorher hatte er an Deutschland keine Sekunde seines Lebens gedacht. Was ist passiert? Wie reagiere ich, was soll ich machen? Ich gehe ins Kino, aber der Film läuft nicht, ich bekomme mein Ticket wieder. Ich schlendere zurück, es ist Mittag. Er konnte nicht raus, weil ich die Schlüssel hatte, Strom hatte er deswegen auch keinen. Ich sehe ihn und heule. Wir gehen Mittagessen, weil die Putzfrau kommt, keiner bringt einen Bissen herunter. Ich sitze nur heulend da. „Hallo, Anna, ich bin es, Reza, immer noch derselbe, ich liebe dich. Aber du musst mich verstehen". Nein, ich verstehe nichts.

Ich sage am besten nichts mehr. Wir gehen einen Kaffee trinken. Dort entschuldigt er sich. Sorry, vergiss es einfach. Ich komme so schnell es geht nach Freiburg, ich liebe dich, wollte dich nicht verletzen. Er nimmt mich in den Arm, alles ist gut. Ich wollte was Richtiges zu Essen. Nicht türkisch, Nudeln, europäisch. Komm sag ich, wir suchen was. Egal was es kostet, ich mag was Gutes in einem feinen Restaurant, was Schickes, dann geht es mir wieder besser.

Über der Brücke werden wir fündig. Wir schlemmen vom Feinsten, mit Wein und Dessert. Ich fühle mich besser. Wir gehen zurück ins Hotel, fallen ins Bett, ich spüre ihn wieder, ganz nah bei mir. Wir lesen Gedichte. Wir liegen eng umschlungen beieinander. Ganz nah, wie vorher.

Die restlichen Tage genießen wir und auf einmal ist es wieder da, das enge Vertraute, die Liebe, wie in Tiflis, was war los? Er ruft seinen Bruder an, der in Teheran studiert, er hat Verbindungen um billig Flüge nach Shiraz zu buchen. Sein Ticket geht nur bis Teheran. Er erzählt mir von seinem Bruder Amir, studiert in Teheran Elektrotechnik, ein sehr gescheiter Mann. Sie treffen sich dort am Flughafen. Ich höre das Gespräch mit an, verstehe nichts, da es in Farsi ist.

Den letzten Tag verbringen wir fast nur im Bett. Am Abflugtag müssen wir um vier Uhr morgens aufstehen, dieses Mal fliege ich so früh, aber er kommt mit zum Flughafen. Er richtet ein weiteres Skypekonto ein, nur für uns. Ich habe mit ihm Deutsch gelernt, er will nicht ohne Sprachkenntnisse kommen. September, eher März, aber er kommt.

Am Flughafen gibt es wieder Tränen, wir sehen uns in neun Wochen wieder, in Tiflis. Neun Wochen, das schaffen wir. Wir bleiben in Kontakt. Wir freuen uns auf das Wiedersehen. Wir vermissen uns. Unsere Seelen sind wieder zusammen.

# München, Juni - Juli 2013

Wieder zu Hause fuhr ich zuerst zu einer Freundin nach Frankfurt. Sie kannte sich gut aus, was Stipendien betrifft und ich leitete ihre Informationen an Reza weiter.

Im Iran standen am 14. Juni Präsidentschaftswahlen an. Die Regierung war sehr nervös, nachdem es 2009 zu Massendemonstrationen kam, die ziemlich brutal endeten. Diesmal wollte man die Demos von vornherein vermeiden. In der Bevölkerung saß auch immer noch die Angst vor der Brutalität des Regimes. Während des Wahlkampfes funktionierten teilweise Telefone nicht, auch Internet. Ich mache mir große Sorgen, weil ich im Internet recherchierte und auf Menschenrechtsverletzungen stieß, die tagtäglich stattfanden. Ich fragte in der deutschen Botschaft in Tehran nach, wie die derzeitige Lage war. Bekam bestätigt, dass die Medien zum Teil nicht funktionierten, aber von Unruhen in Shiraz nichts bekannt war. Auch nahm ich mit der Iran-Gruppe von Amnesty Kontakt auf. Als Antwort bekam ich, dass die Menschen dort, in der Regel überwacht werden. Damals in der DDR war das auch nicht anderes. Reza: Lehrer, Person in der Öffentlichkeit, viel auf Reisen, nicht verheiratet, Onkel vom Regime ermordet, Bücher am Flughafen konfisziert, mehrerer Sprachen mächtig. Also wenn ich Diktatur wäre, den würde ich mir auch näher ansehen, dachte ich. Mir kamen die Männer aus Istanbul in den Sinn. Sein Skypekonto, das irgendjemand manipuliert hatte, seine Sekretärin, die unsere Chats gelesen hatte und mich aus unerfindlichen Gründen kontaktieren wollte. Alles passte nicht zusammen. Als ich das mehreren Leute erzählte, und mir allmählich klar wurde, wie leicht Mails gehackt oder mitgelesen werden konnten, da wurde mir einfach mulmig zumute, und meine Sorgen um ihn stiegen. Und ich konnte Reza so gut wie nicht erreichen. Außer eine Mail nach seiner Rückkehr hörte ich erst mal nichts.

Dann eine kleine Sensation. An einem regnerischen Abend nach meiner Istanbulrückkehr googelte ich ein wenig im Internet. Ich fand seinen Bruder Amir. Er hat dort einen Kunst Blog und einen Wissenschaftsblog und ist in Linkedin. Aha, interessant, dachte ich. Wo der überall dabei ist, darf man das im Iran? Am nächsten Tag eine Mail von ihm. Frau König, welch eine Ehre. Sie haben mich auf Linkedin gesehen. Reza hat mir viel von Ihnen erzählt, können wir uns über Linkedin und Facebook vernetzen?

In dem Fall hatte Reza doch von mir erzählt und ich war kein Geheimnis. Irgendwie kam ich nicht mehr mit. Wir haben uns auf Facebook vernetzt und seitdem jeden Tag mindestens eine halbe Stunde gechattet. Er meinte, Reza hat alles über mich erzählt und ich wäre so eine tolle Frau und er wäre stolz jetzt auch mit mir befreundet zu sein. Zuerst dachte ich, er wüsste tatsächlich alles. Der Arme hat mir dann sein Herz ausgeschüttet. Wie sehr er unter dem Regime leiden würde, er hat noch nie eine Freundin gehabt, alles ist verboten, er hält das nicht mehr aus. Reza hätte von seinen Freiburgplänen erzählt und Amir möchte auch in Europa seinen Doktortitel machen, bevorzugt München, weil die TU so einen guten Ruf hat. So viel zu: meine Verwandtschaft würde mich nie besuchen kommen und keiner weiß was.

Eine super Freundschaft entwickelte sich daraus. Ich gab ihm gleich einige Kontakte, wo er sich für Infos hinwenden könnte. Natürlich musste ich Reza mitteilen, dass ich mit seinem Bruder in Kontakt stehe. Ich habe mich dann auch bei Amir beschwert, weil Reza sich so selten meldet. Daraufhin rief Amir Reza an und er ließ mir ausrichten, dass er einfach im Stress ist.

Dann kam die Mail, am Tag nach der Wahl. Reza war überglücklich, dass der gemäßigte Kandidat gewonnen hatte. Er hatte sich aktiv etwas im Wahlkampf beteiligt, deswegen konnte er auch nicht online sein und mit dem Ausland sowieso nicht. Äh, Mullah ist Mullah, das ist der gleiche Trottel wie alle anderen, dachte ich und genau so sah es sein Bruder. Aber ich hatte das schon gemerkt bei anderen Iranern, die Angst, dass ein Hardliner gewinnen könnte, war groß. Mit Rohani stieg bei der Jugend die Hoffnung, zumindest leichte Verbesserungen zu bekommen. Ich denke, wenn man im Gefängnis sitzt, freut man sich über jeden Mist, aber ich sah das alles sehr skeptisch.

Ich hatte auch vom Kontakt mit Amir berichtet, dann kam eine weitere Nachricht, sag ja dem Amir „nichts". Wieso nichts, der weiß doch alles? Nein, wusste er nicht, und nachdem die Leute ja nichts dürfen und alles tabu ist, konnte er sich nicht vorstellen, welches Verhältnis wir haben. Blöderweise habe ich ihm aber einige Kontakte vermittelt, die über uns Bescheid wussten und ich stand täglich mit ihm in Verbindung. Ich hatte zum Einen ein schlechtes Gewissen, zum Anderen mag ich die Lügerei überhaupt nicht. Ich war ein wenig in der Zwickmühle und dachte, wenn die Unileute eine blöde Bemerkung machen, kommt eh alles auf. Dem sollte ich zuvor kommen.

Ich habe einen langen Brief aufgesetzt und drei Mal umgeschrieben. Nach einigen Wochen bat ich Amir ein Geheimnis zu wahren, aber ich muss ihm jetzt reinen Wein einschenken, sonst könnte ich nicht weiter mit ihm chatten. Die Antwort kam prompt: Wir sind erwachsene Menschen, er schätzt seinen Bruder und mich, und was wir miteinander machen ist unsere Sache, er mischt sich nicht drein und gönnt uns das Verhältnis. Uff, Erleichterung, und somit hatte ich auch jemanden, bei dem ich mich beschweren konnte oder auch mein Herz ausschütten konnte. Ich habe es Reza erzählt, er hat es erstmal nicht kommentiert, aber wohl letztendlich auch nichts dagegen. Wenn alles verboten ist, machen die Leute ja doch auch die verbotenen Dinge. Natürlich. Aber damit nichts aufkommt, muss man ständig lügen. Ich finde das extrem anstrengend und mir wäre das zu blöd, aber dort ist eben alles so streng geregelt und der Einfluss der Familie so groß, dass einem gar nichts anderes übrig bleibt. Es Amir zu erzählen war im Nachhinein die absolut richtige Entscheidung. Oft ist diese Lügerei so groß und ich empfinde es super anstrengend, wenn man ständig darüber nachdenken muss, wem man was erzählt hat.

In München hatte meine Tochter Sarah ihr Abitur hinter sich und mit Bravour bestanden. Der 18. Geburtstag war vorbei und das Gespräch mit ihr über unsere Trennung stand an. Aber auch sie hatte Verständnis und schon lange vermutet, dass es so kommen würde. Sie hat nach dem Abitur erst mal gejobbt und ist dann für viereinhalb Monate alleine nach Zentralamerika gefahren.

Ich glaube, dass ich zu der Zeit einen entscheidenden Fehler gemacht habe. Es war ja noch das Auto in Tiflis und ich wollte wissen, was daraus geworden ist. Außerdem hatte ich im März meine Klamotten für den Sommer dort gelassen und das mit der Unterkunft wollte ich auch abgeklärt haben. Es gab dort zwei Freunde von Reza, beide hießen Arash. Einer dieser beiden hat sich wohl um das Auto gekümmert und bei ihm lagen auch meine Sachen. Nachdem Reza nicht auf meine Fragen antwortete, dachte ich, ich schreibe mal den beiden Arashs, mit denen er über Facebook verbunden war. Also beschrieb ich die Situation und ob sie mir antworten könnten, aber ich habe auch von ihnen nichts gehört, nur gesehen, dass sei meine Mail gelesen hatten.

Es ist schwierig, wenn man die Gesellschaftsregeln nicht kennt, und Dinge, die bei uns selbstverständlich sind, aber woanders nicht gehen. Doch woher sollte ich das wissen und über die Konsequenzen war ich mir auch nicht im  Mindestens klar.

Reza musste so viel arbeiten, er hatte praktisch einen zwölf Stunden Tag, weil er auch das Geld für Deutschland zusammenbekommen und alles mit seiner Schule wieder in Ordnung bringen wollte. Ich schickte ihm Fotos von einer Wohnung, die mich interessierte. Endlich tat sich was, die Wohnungssuche gestaltete sich als wirklich schwierig. Aber jetzt hatte ich wohl doch das Richtige gefunden. Reza versprach mir, meine Webseite zu machen, und wollte sich bald dran machen. Er schickte mir seine Webseite von der Schule und einige Fotos dazu. Auch war klar, dass er so schnell wie möglich nach Deutschland kommen wollte. Alles schien wieder seinen gewohnten Gang zu gehen.

Und ich konnte mich jetzt, wenn er sich nicht meldete, bei seinem Bruder beschweren. Nachdem sogar seine Mutter meckerte, weil er sich auch bei ihr nicht rührte, habe ich es nicht mehr so eng gesehen, er war im Stress, zweifelsohne. Weder die Reisevorbereitungen für Tiflis noch die Webseite gingen voran. Schließlich bot sich sein Bruder an, mir die Webseite zu gestalten. Er bemühte sich sehr und machte mir eine schöne Seite. Zum Dank wollte ich ihm einige Dinge aus München mitgeben. Auch für Reza war ich shoppen, nachdem er mir wunderbare persische Geschenke nach Istanbul gebracht hatte.

Ich beschloß, ein Zimmer in Tiflis zu buchen, da das ja in Istanbul schief ging, und ich nicht auf der Straße stehen wollte. Die Bestätigung schickte ich vorsichtshalber auch an die Schule, um sicher zu sein, dass er sie bekommt. Auch rief ich in der Schule an, um mit ihm zu sprechen, da es noch einige Dinge abzuklären gab. Auch das keine gute Idee, wie ich mir hätte denken können.

Kurz vor meinem Abflug kam ein langes Mail. Er würde nach Tiflis mit dem Bus kommen. Seine finanzielle Situation war nicht so super, und er mitten im Aufbau der Schule. Er kann eigentlich gar nicht weg, aber da ich ihm so wichtig bin, würde er alles tun um mich zu sehen. Ich wusste das, unsere Seelen waren wieder verbunden, ich konnte fühlen in welch einer Situation er war. Er kam, weil wir uns so sehr lieben, und dafür hätte er alles gemacht. Dieser Trip nach Georgien war für ihn nicht leicht, aber wegen mir ist er gekommen. Mein Gott, wie liebe ich diesen Mann.

Alles würde gut werden, ich wusste es. Wie kann es das geben, ich weiß es nicht. Amir war glücklich für uns und hat sich für uns gefreut, er wollte Fotos, und ich versprach in Verbindung zu bleiben. Nach wie vor, jeden Tag im Chat. Schön, auch mit dem Bruder eng verbunden zu sein, was kann da schief gehen?

In München hatte ich inzwischen den Vertrag für die Wohnung, am 1.11. konnte ich einziehen. Es ging endlich auf dieser Seite etwas vorwärts. Den ganzen August war ich nicht da, September/Oktober hatte ich viel Arbeit, das würde also alles passen. Vielleicht schafft es Reza im Herbst zu kommen. Sonst Frühjahr, ist auch in Ordnung, Hauptsache er kommt.

In weiser Voraussicht nahm ich doch viele Klamotten mit, weil ich mir nicht so sicher war, ob es klappt, mein Zeug vom März einzusammeln. Ich fragte Reza, gib mir die Adresse von Arash und sag ihm Bescheid, ich kann mein Zeug auch selbst holen. Nein, das ginge nicht, er kümmert sich schon darum, ich soll mal locker bleiben. Mein Kram liegt heute noch in Tilfis, irgendwo, bei irgendjemandem. Kein Verlust, aber es geht ums Prinzip.

Vielleicht sollte man noch ein Wort zu Reza's Familie verlieren. Die Familie stammt aus einem kleinen Ort im Südosten. Der Vater arbeitete 40 Jahre in Dubai und es sind elf Kinder. Die Mutter musste wohl die ganz Erziehungsarbeit allein leisten, und ihr gehört auch mein Respekt, da wohl alle studiert haben und sehr gebildet sind. Die meisten scheinen in Shiraz zu leben, ein Bruder ist aber in seinem Geburtsort, wo die Mutter jetzt auch wohnt. Ein Bruder ist in Teheran als Lehrer tätig und eben Amir studiert dort immer noch. Zu seiner großen Schwester hat Reza ein sehr enges Verhältnis, sie kam auch einmal nach Georgien, um ihm zum Heiraten zu bewegen. Sie ist mit einem sehr erfolgreichen Geschäftsmann verheiratet und hat zwei Kinder. Bei ihr wohnt Reza jetzt, zumindest im gleichen Gebäude.

Dann gibt es natürlich noch zahlreiche Onkel, Tanten und Cousins. Reza hat sich über seine Familie eher immer etwas bedeckt gehalten, mehr Details hat mir der Bruder erzählt. Reza scheint sich für die Großfamilie bei mir zu schämen. Das ist auch im Iran eine ungewöhnlich hohe Kinderzahl und für westliche Verhältnisse schon fast asozial. Dennoch scheint die Familie sehr tolerant zu sein, sagte Reza zu dem Zeitpunkt, und jedem, in einem gewissen Rahmen, auch Freiheiten zu lassen, wenn das auch keine Freiheit in unserem Sinne ist. Aber Reza hat im Norden Irans studiert, seinen Master in Teheran gemacht und wohnte auch vor seiner Ausreise nach Georgien alleine in Shiraz. Zumindest hat er es so erzählt. Heute glaube ich diesen Teil nicht mehr, in diesen Ländern wohnt niemand alleine, man schlüpft immer irgendwo unter, bis man verheiratet ist. Und das Studium im Norden Irans hatte auch einen ganz anderen Hintergrund.

# August 2013 – Georgien / Armenien

Der 2. August, ich komme nachts um drei Uhr an. Da ich in unser gebuchtes Zimmer erst am Mittag kann, hänge ich die halbe Nacht in einer Kneipe herum. Als Amir aufsteht, chatten wir zum Zeitvertreib. Von Reza bekam ich am Tag vorher eine SMS, gleiches Spiel wie immer, ich wusste vorher Bescheid. Rezas Reise war sehr lange, obwohl die iranischen Busse sehr bequem sind. Als ich ins Zimmer kann, versuche ich noch ein wenig zu schlafen, aber die Aufregung groß. Er hätte am Nachmittag ankommen sollen, dann der Anruf, Probleme an der Grenze. Für Iraner war es bislang möglich ohne Visum nach Georgien einzureisen, das wurde im Juli geändert, insofern dauern die Grenzformalitäten stundenlang.

Es wird Abend, der nächste Anruf, ich komme in zehn Minuten, kannst du mich vom Freedom Square abholen? Minuten später ist er da. Wir sind uns, wie immer, um den Hals gefallen, er hat mich vermisst, wie nie zuvor. Beide sind wir von den Reisestrapazen todmüde, aber natürlich quatschen wir die halbe Nacht.

John, unser amerikanischer Freund, wird im nächsten Jahr in Kiew an der Universität als Gastprofessor wieder einige Wochen tätig sein, schon vorher hatten wir beschlossen, ihn dort gemeinsam zu besuchen. Auch mein Fiesta, den ich im Februar für 200 € erstanden hatte, sollte in den Weihnachtsferien wieder nach Tiflis gehen. Gleiches Spiel, wir beschließen, uns wieder in Edirne zu treffen und gemeinsam buchen wir meinen Rückflug nach München. Er wollte, bevor das Studium angeht, mal nach Deutschland kommen, um sich Freiburg anzusehen, um mit der dortigen Professorin zu sprechen. Entweder würde er zu meinem Geburtstag im Oktober kommen oder zum 1.11. um mir bei meinem Umzug zu helfen. Der 1.11. ist mir lieber, da wir dann auch die Wohnung für uns haben. Er trägt sich alles in seinen Kalender ein, als ob es ganz einfach wäre.

Auch werde ich in den Iran eingeladen, wann ist der beste Zeitpunkt? Ich schaue in meinen Kalender, bevor er nach Deutschland kommt. Februar/März so was in der Richtung. Du musst in den Iran kommen, auch um mich besser zu verstehen. Er zeigt mir Filme und Fotos. Alles ist nicht so schlimm, wie man immer sagt, es wird viel übertrieben, du wirst sehen. Natürlich kann ich nicht bei ihm wohnen, muss mich züchtig anziehen und mich an die Spielregeln dort halten. Klar. War ja schon öfters im Ausland. Können wir mal zehn Minuten für uns haben? Nein, sorry, das geht gar nicht. Das musst du verstehen. Ich möchte deine Familie kennenlernen, Shiraz muss eine Traumstadt sein. Ja klar, ich komme auf jeden Fall in den Iran. Habe darüber auch schon mal mit Amir gesprochen. Du musst kommen und dir das ansehen, Isfahan, Persepolis, eine wurnderbare Kultur. Wir zeigen dir alles. Reza sagt, du musst kein Geld bringen, du wirst überall eingeladen sein. Es wird dir gefallen. Mein Einwand, das könnte etwas gefährlich sein, völliger Blödsinn. Frauen alleine, ach was. Meine Kollegin wollte auch mal dort hin. Ja, bring sie mit, bring sie alle mit. Alle werden sehen, dass die Vorurteile falsch sind. Du wirst den Iran lieben. Ja, ich habe von vielen Reisenden Positives gehört. Ja, ich möchte mir dieses Land ansehen mit seinen wunderbaren Menschen. Und es gibt sogar Bücher von deutschen Frauen, die dieses Land alleine bereist haben mit positiven Erfahrungen.

In dieser Nacht umarmt er mich ganz dick, ich höre ihn murmeln wie er sagt, dass er mich weit über alles hinaus liebt, weit hinaus über Sex, weit hinaus über jegliches andere Maß. In dem Augenblick bin ich der glücklichste Mensch der Welt.

Am nächsten Tag sind wir immer noch müde, schlafen aus, hängen ein wenig in den Kneipen herum und planen unsere weitere Reise. Leider muss Reza nach einer Woche zurück nach Hause. Seine Arbeit und die Schule warten auf ihn, und eigentlich hätte er gar nicht weg gekonnt, da er noch einen zusätzlichen Managementjob einer anderen Schule bekommen hat. Und er wollte jeden Cent für Deutschland sparen, bzw. auch den finanziellen Mist, den seine Mitarbeiter während seiner Abwesenheit gebaut haben, wieder auf Reihe bekommen.

Aber eine Woche ist besser als nichts und er kommt ja bald. Wir möchten am nächsten Tag nach Armenien und reservieren ein Zimmer in Yerevan. Danach soll es nach Varzia gehen, wo die berühmten Höhlen sind, auch dort reservieren wir ein Zimmer. Leider eine kurze Reise, meine zweite Woche muss ich alleine verbringen, aber das wird irgendwie machbar sein.

Wir reisen am nächsten Morgen früh ab, fahren mit einem Sammeltaxi nach Yerevan und sind mittags dort. Armenien ist noch einmal eine Ecke ärmer als Georgien. Man spürt das überall, aber die Leute sind sehr freundlich. Wir übernachten in einem Hostel mitten in der Stadt. Da die Stadtmitte nicht so groß ist, haben wir bald alles besichtigt. Es gab in diesen Tagen viele lustige Anekdoten, über die wir sehr gelacht haben. Das ist ja bei diesen Backpackerreisen immer so, man begegnet merkwürdigen oder interessanten Leuten, in fremden Ländern gibt es Dinge, die einem kurios vorkommen, beispielsweise das „Half Brain" auf der Speisekarte eines armenischen Restaurants. Aber genau deswegen sind diese Reisen so spannend, weil man eben viele neue Dinge sieht und erlebt und es doch den Horizont ein wenig erweitert. Am zweiten Tag fahren wir hinaus zu einem Kloster. An dem Ort hat man einen wunderschönen Blick zum Mount Arrarat. Immer wieder stoßen wir auf Menschen, die Deutsch sprechen. Oft werde ich über die deutsche Bundesliga gefragt, als ob das das Wichtigste auf der Welt wäre.

Am dem Nachmittag fahren wir auch zu einem historischen Tempel ziemlich weit außerhalb der Stadt, dort sehen wir einen Radler, den wir am Abend in unserem Hostel wieder treffen, ein Italiener.

Dass wir zusammen reisen und auch ein Paar sind, wird von keiner Seite komisch betrachtet. Ich glaube, die Traveller treffen so viele verschiedene Leute, wieso sollte da nicht ein Pärchen unterwegs sein, mit großem Altersunterschied, auch wenn die weibliche Seite älter ist. Alle, die wir treffen, finden nichts Besonderes dabei. Andere Blicke bekam Reza damals in Istanbul, aber ich denke, der Hintergrund war ein anderer.

Wir verlassen Armenien, reisen Richtung Georgien weiter, eine elend lange Fahrt. In einer weiteren armenischen Stadt haben wir drei Stunden Pause, das ist aber sehr schön dort und wir genießen den Tag. Auch hier der Grenzaufenthalt ewig lange. Und bis wir schließlich in Varzia ankommen ist es Abend.

In Varzia musste man vor ein paar Jahren noch mit dem Zelt übernachten, im alten Reiseführer stand die Unterkunft mit Kaltwasser und zwei Zimmern drin. Heute ist so ausgebaut, dass bald auch die ersten größeren Gruppen kommen können. In einem brandneuen Gebäude bekommen wir ein wunderschönes Zimmer. Es sind viele Deutsche da und zum Abendessen werden hausgemachte Schlemmereien serviert. Die Forellen fliegen einem hier buchstäblich vom Fluss auf den Teller. Was Südtirol vor 50 Jahren war, unversaut vom Massentourismus, das ist im Moment Georgien. Die Frage ist nur, wie lange es geht, bis man auch dort als wandernder Geldschein gesehen wird.

Nachts wird es frisch und wir ziehen uns bald zurück. Am nächsten Tag wandern wir zu den Höhlen. Dort sind inzwischen Geländer angebracht, so dass auch Gehbehinderte eine Besichtigungsmöglichkeit bekommen. Die Massen werden sicher nicht lange auf sich warten lassen. Am Nachmittag gehen wir über ein Kloster zurück. Eine alte Bäuerin schenkt uns Äpfel, wir genießen die Ruhe, die frische Luft und die Natur.

In Yerevan sind wir uns mal kurz in die Wolle gekommen, weil Reza eigentlich einen Tag früher zurück gemusst hätte. Ich bin daraufhin sehr stinkig geworden. Jetzt merke ich, wie gut ihm der Abstand zu seinem Alltag tut. Als wir am Nachmittag zurück sind, kommt wieder das berühmte „ich muss mit dir reden". Jetzt im Nachhinein verstehe ich, warum er in dem Augenblick so entscheiden musste. Er möchte die Beziehung anders fortsetzen. Es kommen diverse fadenscheinige Erklärungen. Ich wusste ja, dass die Iranreise anstand, er will mich angeblich seiner Familie und seinen Freunden vorstellen, wir wollen uns niemals verlieren, machen wir einen auf best friends. Ich denke mir, Schwachsinn, aber wenn es dich beruhigt, meinetwegen.

Eine gewisse Vorahnung von dem, was kommt, vielleicht hatte er es? Ich weiß es nicht, er wollte mich schützen und auch sich, denke ich. Ich spüre unsere Nähe und Seelenverwandtschaft, nichts kann das erschüttern. Ich weiß auch, wie unrealistisch so etwas ist. Aber ich bin auch keine Iranerin. Ich kann nicht einschätzen, wie es dort abgeht. Jegliches natürliche Bedürfnis für Sex scheint dort im Keim erstickt zu werden. Was natürlich nicht funktioniert und was die dortigen Machthaber davon haben, ich kann es nicht nachvollziehen. Aber ich will in den Iran, und natürlich möchte ich Reza mit nichts gefährden.

Die letzten zwei Tage vergehen schnell. Wir kuscheln ganz eng im Bett. Muss man das alles verstehen? Den ganzen Abend im Bett lachen wir Stunden über alle unsere kuriosen gemeinsamen Erlebnisse. Wir sind glücklich. Was immer auch später passieren mag.

Meine Klamotten sollte ich am nächsten Tag in Tiflis bekommen. Nach dem Frühstück geht der Bus, am frühen Nachmittag hat uns die Großstadt wieder. Dann der Anruf, das mit meinem Gepäck klappt aus irgendwelchen unerfindlichen Gründen nicht. Ich werde etwas stinkig, weil ich meine festen Schuhe für die Berge brauche.

Reza kauft mir ein paar Ersatzturnschuhe, um mich zu beruhigen. Am Abend gehen wir gemütlich Essen. In der Nacht möchte er wach bleiben, weil er eine lange Busreise vor sich hat. Fatima hat ihm von Teheran nach Shiraz in der Zwischenzeit den Flug gebucht. Sonntagmorgen muss er in der Schule stehen. Fatima, frage ich, hast du mit ihr gesprochen wegen damals. Ja, ja, sie hat mich mal angepiept, weil sie mich kennenlernen wollte. Ach was. Merkwürdig. Er geht nicht weiter drauf ein.

Sein Freund Habib hatte ihm bei der Webseite geholfen, und den möchte er als seinen Vertreter schulen, damit die Bude auch läuft, wenn er in Freiburg ist. An seiner Schule ist er sehr liberal. Geht das, frage ich. Ja klar. Habib tut sehr modern, aber irgendwie glaubt er trotzdem an den Mist, den die Mullahs predigen. Meine inneren Alarmglocken läuten ganz laut bei diesem Gespräch. Jedenfalls wird Reza in dieser Nacht Unterricht vorbereiten und von meinem Netbook Film und Unterrichtsmaterial runterladen. Er bereitet sich auf die harten bevorstehen Arbeitswochen vor.

Alles für uns, ich weiß. Den nächsten Morgen verbummeln wir noch die Zeit in Tiflis und am Mittag fahren wir gemeinsam zur Bushaltestelle. Ich komme mit und kann dann sogar ein Stück weit mit dem Bus mitfahren, da ich wieder nach Kutaissi muss und ein Teil der Strecke auf dem Weg liegt. Ein super moderner Bus, da hat man hierzulande oft Vorurteile oder falsche Vorstellungen. Die Leute im

Bus sind alle sehr nett und spüren unsere Nähe. Niemand scheint sonderlich verwundert zu sein. Wir diskutieren noch organisatorische Dinge für Deutschland. Wir bleiben in engem Kontakt, ich melde mich. Ich weiß, meint Reza, du hältst mich immer mit allen Lebensdetails auf dem Laufenden, ich freue mich, es zu lesen. Grüße Hannah und Mike. Bald werde ich sie auch in München sehen.

Ich habe Reza immer fast täglich Mails geschickt, zum Teil auch politische Infos, die er im Iran nicht bekommt. Beispielsweise gingen in Istanbul damals die Demonstrationen an, wir bekamen den Anfang mit, ich habe bbc-Artikel geschickt, auch kritische Presse von den Wahlen. Die Presse im Iran gehört mit Nordkorea zu den meist zensierten in der Welt. Oft habe ich aber auch nur Infos von München oder Freiburg geschickt.

Als wir uns vor dem Bus verabschieden, kommen mir wieder die Tränen, wir sehen uns bald wieder! Alles wird gut. Er ruft von der Grenze an. Grüße Amir, die beiden treffen sich kurz in Teheran. Ich freue mich auf unser Wiedersehen in München, in der Türkei und Georgien, im Iran und dann dein Umzug nach Europa. Klingt alles super! Bis bald. Doch es sollte alles anders kommen.

Ich reise erst nach Kutaissi weiter, Reza ruft an, er ist an der Grenze, ob ich gut angekommen sei. Bei ihm ging es diesmal schneller, der Bus wird pünktlich in Teheran ankommen. Am Abend chatte ich mit Amir, morgen seht ihr euch. Ich habe so viel Zeug für dich dabei. Ich schicke Bilder von unserer Reise, stelle welche auf Facebook, berichte Amir von unseren Erlebnissen, er mag auch mal mit auf eine Reise. Klar, sobald es geht.

Nach dem Treffen der beiden berichtet mir Amir, in der Zeit als er Reza in Teheran traf, hat er nur von mir gesprochen, er konnte mit ihm über gar nichts anderes reden.

Am nächsten Tag fahre ich nach Mestia, ein Dorf in den Bergen und wohne privat bei Natascha. Natascha kann wenig Englisch, aber es wird besser nach jedem Glas Wein. Ich gehe erst mal ein wenig wandern, eine wunderschöne Gegend, die sicher auch bald überlaufen von Touristen sein wird. Am Dorfplatz gibt es eine Kneipe, der Treffpunkt für alle. Ich lerne zwei Engländerinnen kennen, einen Franzosen, einen Spanier, die Zeit vergeht und es ist nicht langweilig.

Ich genieße die Natur. Am Abend bringt mir Natascha ihren hausgemachten Käse, Plätzchen und selbstgemachten Wein.

Nach weiteren drei Tagen reise ich ab. In Zugdidi ist eine Schülerin von mir auf Urlaub und holt mich ab. Dort verbringe ich zwei Tage. Wo ist mein Freund? Tja, leider ist er schon weg. Wir reden über Sprachunterricht, ich rufe Reza an, ob er mir etwas Material schicken kann.

Reza geht es gut, er arbeitet wieder wie ein Pferd, die Ferien taten im gut, auf zu Neuem! Die Gastfreundschaft bei den Leuten in Zugdidi ist wieder enorm. Ich werde mit super leckeremEssen vollgestopft, wie überall in Georgien. Von dort geht es zurück nach Tiflis.

Meine letzten zwei Tage verbringe ich im Hostel. Lerne einen Australier kennen und wir erzählen uns unser Leben. Es ist sehr heiß, ich treffe die Engländerinnen aus Mestia wieder, kaufe noch ein paar Geschenke, gehe früh ins Bett, mein Rückflug ist um vier Uhr morgens.

# August 2013

Am 18. August bin ich wieder in München, nur für zwei Tage, weil es am 20. nach Zypern weitergeht. Freunde von uns haben dort ein Haus und uns eingeladen. Da Thomas und ich nicht im Streit auseinandergegangen sind, fliegen wir zusammen hin, es sind ja auch gemeinsame Freunde. Trotzdem ist es etwas schwierig, so viel Zeit mit einander zu verbringen, weil wir uns so wenig aus dem Weg gehen können.

Reza hat mir eine DVD von einer persischen Oper mitgebracht, gleich nach Ankunft schaue ich sie mir an. Es ist wunderbare Musik. Ich rufe ihn an. Ich möchte auch so eine Oper sehen, wenn ich im Iran bin. Ja, sollte möglich sein. Super, wie geht es? Ich melde mich bald, buche den Flug, wenn ich wieder in München bin.

Am 19.8. bekomme ich eine leere Mail von ihm, allerdings eine von der Mailaddresse, die er kaum benutzt, und auf meine E-Mail Addresse, nicht, auf unser gemeinsames Account, das wir einmal eingerichtet haben, damit nicht jemand aus Versehen bei mir zu Hause unsere Unterhaltungen liest. Ich schreibe zurück, dass die Mail leer angekommen ist, denke, Stress bei ihm, und schenke dem Ganzen weiter keine Beachtung.

Am nächsten Tag geht unser Flug. Ich vergesse meinen Führerschein, super. Naja, muss Thomas alles fahren. Die zehn Tage sind sehr erholsam, ich schreibe Amir und Reza, schicke ein paar Fotos, chatte wieder täglich mit Amir und lerne dort eine Gruppe iranischer Studenten kennen. Einer möchte nach Deutschland auf Besuch, wir tauschen uns auf Facebook am Abend aus und bleiben in Kontakt. 31.8. zurück in München, Montag fange ich wieder zu arbeiten an.

# September 2013

In der ersten Arbeitswoche bespreche ich mich mit meiner Kollegin Maria wegen der Reise. Sie hat in der Zwischenzeit einen Freund, der uns für völlig verrückt hält und nicht will, dass sie mit mir mitkommt. Ich sage es Amir, woraufhin Amir ein langes Mail an sie schickt, und Iran in höchsten Tönen anpreist. Wir werden vom Flughafen abgeholt, sie muss sich keine Sorgen machen, sie wird begeistert sein von diesem schönen Land. Maria bleibt skeptisch. Wir diskutieren hin und her, wir wollen uns Donnerstag zum Buchen treffen. Sie muss absagen, zuerst das Treffen, dann die Reise.

Nun, ich fliege seit Jahren alleine durch die Welt, war in Südamerika, Asien und Afrika, meistens alleine. Iran, ich denke, kein Problem. Habe ja Freunde dort. Ich frage nach dem Visum. Am Konsulat sind sie sehr nett. Das Visum zu beantragen reicht im Januar. Am 5. 9. buche ich einen Flug über Istanbul in den Iran, ich werde die ersten zwei Märzwochen reisen. Hatte mit Reza gesprochen, ob ich nicht vielleicht ein paar Tage an seiner Sprachschule unterrichten könnte, das würden die Schüler sicher mögen. Eine Kopie meiner Flugbuchung schicke ich an Reza, Amir und eine iranische Freundin, die hier in München Physik studiert.

Yuhuu, ich freue mich! Iran, der Orient, 1001 Nacht. Das wird sicher gut. Amir erzählt mir viel vom Land, ich bin richtig aufgeregt.

Stunden später bekomme ich wieder zwei Mails von Reza, leere, wieder auf meine reguläre E-Mail-Adresse, die wir eigentlich gar nicht benutzen und wieder von seiner Mailaddresse aus, die er eigentlich gar nicht benutzt. Merkwürdig, denke ich, schreibe jedes Mal zurück, dass nichts angekommen ist, aber mir fällt nach wie vor sonst nichts weiter auf. Ich chatte mit Amir, und schmiede Pläne über meine bevorstehende Reise.

Dann ein Mail, noch in der Nacht, er ist so busy, aber ruft mich die Tage an. Immer, wenn ich versuche zurückzurufen, geht das Telefon nicht. Dann ein Mail, er möchte ein Foto von mir, ein neues mit meinem Lächeln. Ich denke mir nichts dabei, außer, hab ich doch erst gesendet, aber gut, schicke ich halt noch eins. Dann kannst du mir auch noch eins schicken, ich vermisse dich so sehr.

Am nächsten Tag ein Mail, wann ich genau in den Iran komme. Hab doch die Bestätigung geschickt. Kann ich nicht aufmachen. Wieso aufmachen, war doch nur eine Kopie, denke ich, aber gut. Ich schicke nochmals die Daten. Liebe Anna, ich bin so im Stress, ich rufe dich am Sonntag an. Okay. Dass das auffallend viele Mails waren, fiel mir da noch nicht auf.

Am nächsten Tag eine weitere Mail, er würde in seiner Schulzeitung einen Artikel über mich schreiben, ich sollte doch noch persönliche Infos schicken. Ich schicke ein paar Dinge. Als Antwort kommt, thank you, kiss you.

10.9. ein weiteres Mail, miss you, das Telefon würde nicht gehen. Ich melde mich wieder. Am 11.9. zwei weitere leere Mails. Ich war zu der Zeit auch im Arbeitsstress und dass das Ganze alles hinten und vorne nicht zusammenpasste, war mir im Eifer des Gefechts nicht klar. Ich war ja auch gut beschäftigt, mein Umzug nahte, Arbeit und der tägliche Wahnsinn.

Am 12.9., als ich in der Arbeit bin, kommen ständig Mails, ich komme mit dem Beantworten nicht nach, weil ich nur in den Pausen ans Handy kann. Er plant, mich in Deutschland oder Georgien zu treffen, wann wir wieder Sex haben, er vermisst mich so. Spätestens da hätte ich merken sollen, dass etwas absolut nicht stimmen kann. Wortwahl, Grammatik, Rechtschreibung, alles falsch und so Blödsinn würde er normal nie per Mail schicken. Aber eben, ich bin in der Schule, im Stress, antworte nur beim Stundenwechsel kurz und lese das alles gar nicht so genau. Was mir auffällt ist, dass sich alles irgendwie um Sex dreht, und über so etwas würde Reza nie, zumindest nicht auf diese Weise, per Mail schreiben. Aber wie gesagt, ich habe dann gar nicht auf alles reagiert, da ich ja im Unterricht war. Er würde unsere „sexy picutures“ ansehen, ich dachte nur, hä? Welche pictures? Im nächsten Mail die Frage, was Amir davon weiß. Natürlich nichts, schreibe ich zurück, ich erzähle deinem Bruder doch nichts über unser Sexleben, geht’s noch! Ich wundere mich, dass mein gestresster Reza auf einmal Zeit hat mir alle halbe Stunde eine Mail zu schicken, und dann auch noch so blöde Fragen. Ich werde etwas verärgert und sage, er soll jetzt mal warten bis ich zu Hause bin, dann können wir ja in Ruhe telefonieren.

Als ich zu Hause bin, geht angeblich das Telefon nicht, wir müssen schreiben. Okay, was weiß Amir über uns, meinen Mann, Hannah und Sarah. Wieso hat es bei mir zu dem Zeitpunkt nicht geklickt? Ich weiß nicht, ich glaube es war auch der Arbeitsstress, und man denkt ja nicht, dass es etwas völlig Absurdes sein könnte. Also habe ich weitergeschrieben. Völliger Wahnsinn, wie konnte ich nur annehmen, dass dieser Mist von ihm kam? Dann wollte er den Anfang unserer Beziehung von mir noch mal geschildert haben. Zum Glück, bin ich auf keine Details all dieser Fragen eingegangen, wenigstens das. Und immer wieder, Sexfragen, unsere Sexphotos, die es ja gar nicht gibt (oder doch?), und wie sehr er mich vermisst. Sobald ich nicht sofort antworte, die penetrante Frage, wo ich sei. NIEMALS hätte Reza so geschrieben. Ich solle mich beeilen mit meinen Antworten in einem aggressiver werdenden Ton. Dann eine böse Bemerkung über unseren Altersunterschied. Was ist bloß los, denke ich. Dann, seine Familie würde mich niemals akzeptieren. Nun, Amir hatte ja schon. Dann wir müssen uns vergessen, und er hätte niemals versprochen mich zu heiraten. Was sollte das denn? Davon war nie auch nur annähernd die Rede. Ich müsse ihn sofort vergessen, da wir niemals wie Mann und Frau zusammenleben könnten. Er müsse jetzt erst mal zu sich selbst kommen und ich solle ihn gefälligst in Ruhe lassen. Er brauche eine mindestens zwei-Monatige Denkpause, auf Wiedersehen.

Ich war völlig schockiert. Was soll das denn? Ich sitze heulend am Computer, irgendwas stimmt doch da nicht. Am Abend chatte ich mit Amir, zwei Stunden reden wir. Amir versteht das Ganze auch nicht, versucht mich aber zu trösten und meint alles wird gut, du wirst sehen. Aber natürlich konnte er es auch nicht einschätzen. Was immer zwischen uns passiert, wir bleiben weiterhin befreundet, und als erstes, wenn er aus dem Land kommt, möchte er mich besuchen. Ein schwacher Trost, aber ich bin trotzdem froh, mit ihm darüber sprechen zu können. Bis heute hat mich Amir noch nicht besucht, was an den Umständen liegt, die folgen sollten.

# Der 13. September

Der 13. September, Freitag der 13., war mir gar nicht aufgefallen. Ich habe frei, am Morgen habe ich noch kurz mit Amir gechattet. Am Abend die Nachricht von Amir: Der Security Service of Iran hat meine Familie angerufen, und uns bedroht den Kontakt mit dir abzubrechen. Sie kontrollieren alle unsere Mails und Telefonnummern, wir müssen alles sofort abbrechen. Schicke nichts an die bekannten Nummern! Ich weiß nicht, was das soll, aber wir haben nichts falsch gemacht. Wir müssen uns vorläufig voneinander verabschieden, ich habe Angst.

Ich bin wie gelähmt, dann konnten all diese merkwürdigen Mails gar nicht von Reza gewesen sein. Was ist los im Iran? Welche Bedrohung? Was wird passieren? Ich bekomme es mit der Angst zu tun. Was machen die mit den Jungs? Wieso wegen mir? Was hab ich denn getan? Ich begreife es nicht. Ich kann nicht schlafen, ich bin besorgt, und natürlich weiß ich, welch ein brutales Regime dort herrscht. Reza hat immer gesagt, wenn sie dich mit was haben, dann kennen sie keine Gnade. Das Gespräch mit dem Amnesty Mann kommt mir wieder in den Kopf. Manchmal werden Menschen willkürlich verhaftet um ein Exampel zu statuieren. Ich habe Angst. Was machen sie mit ihm?

Am Abend gehe ich ins Kino. Nach Filmende schaue ich auf mein Handy, Mail von Reza. Er müsse sofort wissen, wo mein Mann ist. Shit, denke ich. Ich kann mit dieser Situation überhaupt nicht umgehen. So was sieht man im Kino, da komme ich gerade her. Okay, ich weiß, dass er das nicht ist, oder er ist es und wird bedroht. Ich stelle mir vor, wie er vor dem Rechner sitzt und gleichzeitig ihm ein Mullah die Knarre vor die Nase hält. Wie soll ich reagieren, was ich soll machen? Ich bin völlig hilflos. Ich rufe einen Freund an, der die Situation schon kennt, er weiß auch keinen Rat.

Ich fahre nach Hause und antworte, ich wisse nicht, wo mein

Mann ist, da wir getrennt sind. Ich muss wissen wo, er ist. Mir wird Angst und Bange, das ist eine Bedrohung. Es geht auch hier gegen meine Familie. Ich habe Angst und schreibe das. Die Antwort, ich solle mich schämen. Dann ein: can I fuck you?

Was sind das für Leute? Wie bekloppt und primitiv muss man sein um solchen Schwachsinn zu schreiben? Dann beleidigende Sprüche. Ich schreibe zurück, dass ich ihn liebe, was ist richtig, was ist falsch. Ist es er, sind es die Security Leute? Ich werde völlig gaga gemacht, dann wieder ein kiss you. Ich bin total durcheinander. Dass hier irgendetwas gar nicht stimmt, ist klar. Ich bin hilflos. Verstehe das alles nicht.

# Der 14. September

Am Samstag bin ich bei Freunden eingeladen und nehme mein Handy mit. Wenn ich zum Essen eingeladen bin, lege ich das Ding normalerweise nie auf den Tisch, aber irgendwie habe ich es da liegen. Zuerst nicht beachtet, weil wir diskutieren. Ich schildere den gestrigen Tag. Kann es nicht einordnen. Sie wissen auch nicht.

Später schaue ich aufs Handy. Vier Mails von Reza! Von einer neuen Mailaddresse, die er schnell aufgemacht hat. Zuerst, er müsse dringend mit mir sprechen, aber ich habe es ja nicht gesehen und war nicht zu Haue, dann die Schilderung was passiert ist: Er wurde vom Security Service mehrmals angerufen, sie wissen über meine bevorstehende Reise, die ich unbedingt absagen müsse. Seine Schwester und sein älterer Bruder wurden angerufen und bedroht, sie wissen alles, wir müssen den Kontakt abbrechen.

Das nächste Mail von ihm: alle seine E-Mail Accounts sind gehackt, er hat keinen Zugriff mehr auf nichts. Ich hab doch nichts falsch gemacht, die haben die Falschen. Wir sind doch unschuldig! Eine weitere Mail, schreibe bitte auch ja nicht mehr Amir.

Ich sitze und breche in Tränen aus. Zu Hause schreibe ich zurück: bitte verlasst alle beide sofort das Land und meldet euch, wenn ihr in Sicherheit seid.

# September

Am nächsten Tag bin ich völlig verunsichert. Und wieder eine Mail: Dear Anna, are you there? Ich weiß nicht wie ich reagieren soll. Ich schreibe später, ich dachte du wolltest deine Ruhe. Ja, klar, Good bye for ever.

Farah, meine Freundin, die in Diplomatenkreisen aufgewachsen ist und einen Vater aus Arabien hat, sie rufe ich an. Sie muss sich auskennen. Ich beschreibe die Geschichte. Sie weiß sofort, was los ist. Unterschätze das nicht, das ist der Geheimdienst, es sind Schweine, zu allem fähig, wende dich an das Auswärtige Amt. Nach unserem langen Telefonat, schreibe ich nach Berlin.

Ich kontaktiere auch wieder die Amnesty Iran-Gruppe. Muss mich etwas gedulden für beide Antworten. Zwei Tage später, wieder Mails vom angeblichen Reza, ich solle ja nichts auf seine Facebookseite schreiben. Habe ich jemals?

Wieder zwei Tage später, Mails mit dem Inhalt: Shame on you. Endlich die Antworten vom Auswärtigen Amt. Ich solle bloß vorsichtig sein, eine ernste Situation. Kein Kontakt, auch nicht über Dritte. Alles gefährlich, vor allem für die Leute unten. Hier kann man nichts tun. Sie sind keine deutschen Staatsbürger, ich solle sie auf keinen Fall gefährden, muss mich ruhig verhalten. Wenn mir die Bedrohung zu viel wird, soll ich mich bitte an die Polizei wenden.

Ich recherchiere im Internet. Auf you tube gibt es viele Filme über das Gewaltregime. Leute werden verhaftet, sobald Kritik an der Regierung aufkommt. Ich lese Berichte über Berichte, mir wird schlecht. Ich telefoniere mit Amnesty, wie sie die Lage einschätzen. Zu wenig Info um aktiv zu werden, außerdem würde ich alle gefährden, Vorsicht! Verhöre sind immer mit Folter verbunden, aber vielleicht hat er ja Glück. Welch ein Trost. Ich liege nächtelang heulend im Bett.

Auch mit dem Auswärtigen Amt telefoniere ich einige Male. Ich bin so machtlos. Mit Amir hatte ich mal gescherzt, wenn was ist, rette ich sie über Amnesty. Hahah. Nichts kann ich machen, gar nichts. Farah rät mir zu äußerster Vorsicht. Klärt mich über vieles auf. Ohne sie hätte ich die dümmsten Fehler gemacht.

Was mir so aufstößt, all unsere Chats, Mails, Skype Unterhaltungen, intime Gespräche, natürlich, alles mitgelesen. Diese Schweine. Welch ein Hirn setzt sich an den Rechner und schickt mir so dämliche Mails. Was geht in diesen Leuten vor, ich kann es nicht nachvollziehen. Ich lese, dass für Männer auf Sex außerhalb einer Ehe 90 Peitschenhiebe Strafe stehen. Es gibt Nächte, da höre ich Reza förmlich nach mir rufen. Aufgrund unserer engen Seelenverwandtschaft tut er das sicher auch. Was geht in ihm vor? Er muss inzwischen 1000fach bereuen, wieder in den Iran gegangen zu sein. Wir hatten darüber diskutiert wie wertvoll Freiheit ist. Warum hat er das alles unterschätzt, er hat sich immer sicher gefühlt.

Im Nachhinein steht fest, dass wir über Monate überwacht worden sind, er vermutlich schon sehr viel länger. Wie damals DDR, Stasi. Da muss es Verräter oder Spione gegeben haben. Wer? Fatima, spielt eine zentrale Rolle, ich bin mir sicher. Sie wusste als erstes von uns. Seine damalige Freundin in Tiflis? Ihr würde ich keine Sekunde über den Weg trauen. Sein Freund Habib? Jemand aus Tiflis, ich weiß es nicht. Was wollen sie von ihm?

Ist er im Gefängnis, unter Hausarrest? Wird er verhört? Darf er noch unterrichten? Was machen sie mit seiner Familie? Fragen, Fragen, Fragen. Keine Antwort. Ich habe Angst. Ich rufe bei der Polizeistation an, wie mir Berlin empfohlen hat. Die meinen dort, ich hätte ein Bier zu viel auf dem Oktoberfest getrunken. Ich höre dann ein paar Tage nichts. Ist das gut, schlecht?

Dann wieder eine Mail, hallo Anna, here is my new e-mail address. Da ich gesehen hatte, dass unser gemeinsames Mail Konto manipuliert worden ist, sehe ich, dass das auch hier der Fall ist. Ein fake Konto. Ich reagiere nicht. Es folgen verschiedene Mails. Da Hannahs Netbook defekt war, gab ich es Reza in Georgien zum Reparieren mit. Er wollte es mir im November bringen. Eigentlich hatte ich das mit Amir ausgemacht, aber Reza meinte, ich mach das schon. Keine Sorge. Nun wurde ich bombardiert, wohin sie mir das Netbook schicken sollten. Diese Idioten haben den Rechner meiner Tochter!

Meine Wut steigt. Hannah informiere ich über einen Teil des Dramas. Ich erzähle ihr auch, dass Reza in Istanbul mit dabei war, die ganze Story bekommt sie noch nicht. Auch Thomas und Sarah muss ich was erzählen, da sie indirekt betroffen sind.

Ich werde bombardiert mit Mails und bekomme eine Nachricht von Google, dass mein Konto manipuliert wurde.

# Oktober

Es reicht, ich gehe zum LKA. Dort bekomme ich zuerst die Auskunft, alle sind heute auf dem Oktoberfest, ich solle doch ein anderes Mal wieder kommen. Ich glaube mich tritt ein Pferd. Nein, sage ich, ich werde hier bedroht, bin deutsche Staatsbürgerin, zahle meine Steuern, ich möchte, verdammt noch mal, mit jemandem sprechen, der sich auskennt.

Was ist eigentlich, wenn tatsächlich der Mann mit Knarre vor der Haustüre steht? Aber natürlich sind wir hier ein demokratischer Rechtsstaat, was ich in der Zwischenzeit mehr als zu schätzen weiß, und dass meine Geschichte zumindest merkwürdig klingt für Leute, die mich nicht kennen, ist mir auch klar.

Endlich, es kommen zwei Beamte, die mir doch einen ernsthaften Eindruck machen. Natürlich fragen sie mich zuerst, wer ich überhaupt bin. Ich schildere die Vorfälle. Sie nehmen mich ernst, nur, das ist eine Bedrohung, die von außen kommt, man kann nichts machen. Sie geben mir die Adresse für den Spezialisten für Internetkriminalität in München. Beruhigend. Aber, was Farah befürchtet hatte, diese politische Kriminalität, dagegen ist man tatsächlich machtlos. Ich telefoniere noch mal mit Berlin. Recherchiere weiterhin im Internet. Wenn ich meinen Rechner bei der Kripo abgebe, wird er mehrere Wochen weg sein. Internetkriminalität nimmt so stark zu, dass die Beamten mit der Bearbeitung nicht nachkommen. Verstehe ich. Aber ich brauche den Rechner zum Arbeiten. Mist, was soll ich machen.

Ich habe in der Zwischenzeit mit mehreren IT-Experten gesprochen, die mich auch gewarnt haben, wie leicht es ist, ein Smart Phone zu überwachen. Die beste Lösung: Rechner platt machen, neu aufspulen, Passwörter ändern. Was für ein Aufwand. Ich unterrichte Deutsch und Englisch, gebe Kurse für Migranten, arbeite im sozialen Bereich, was wollen diese Terroristen von mir?

Für unser westliches Verständnis mache ich nichts, aber wenn man einmal deren Denke versteht ist klar, dass ich ein Störfaktor im System bin. Eine selbstbewußte und selbständige Frau, die jungen Männer neue Ideen und nach deren Auffassung Flausen in den Kopf setzt, so was geht gar nicht.

Ich überlege, wie ich am besten reagieren soll. Es folgt ein Bombardement von Skypeanrufen. Nachts. Warum nachts. Die wissen meinen Rhythmus, machen das bewusst, weil sie wissen, dass ich schlafe und nicht hingehe. Ich schaue auf meinen Rechner. Eine Fatima, ah schon wieder, eine Fatima. Ich ignoriere die Anrufe.

Tage später spreche ich mit einer Freundin darüber. Vielleicht ist sie eine Verwandte, die versucht dich zu kontaktieren. Wie kannst du Kontakt aufnehmen, wenn du nicht mal hingehst. Wir sitzen in der Kneipe, und ich denke. Könnte ja wirklich sein. Eine Schwester? Ich weiß nicht mal, wie die alle heißen. Ja genau. Was kann ich verlieren? Ich akzeptiere und schau was passiert. Kann ja nicht so tragisch sein.

In der gleichen Woche bekomme ich diverse Mails von Iranern, die mit mir Deutsch lernen wollen. Sie kontaktieren mich über meine Webseite, die mir Amir gemacht hat. Ich reagiere nicht. Was bitte soll das? Es gibt sicher genug Deutschlehrer in Teheran. Mir wird immer mulmiger. Was machen sie mit Reza? Was machen sie mit Amir? Ich habe Geburtstag. Amir postet auf meine Facebook Timeline. Es ist ihm egal, was die Mullahs sagen, einem Freund muss man zum Geburtstag gratulieren. Ich drücke nur die like Taste.

Gleichzeitig machen sich meine Freunde immer mehr Sorgen um mich. Geplant war, den Fiesta nach Tiflis zu fahren. Ich sage, ich fahre alleine. Du bist wahnsinnig, sagen alle. Fahr nicht. Nicht, dass ich Angst vor dem Geheimdienst habe, aber einfach unkonzentriert im Winter 3600 km durch Osteuropa zu fahren. Blöde Idee, weiß ich auch. Aber von den Terroristen mag ich mir nicht ins Leben pfuschen lassen. Außerdem habe ich den Rückflug mit Reza schon gebucht.

Was für eine Kacke. Tage, nachdem ich Fatima als Kontakt akzeptiert habe, kommt es. Massig Anrufe. Ich bin auf dem Nachhauseweg und kann nicht hingehen. Ich sehe eine iranische Telefonnummer angegeben. Auf meinen Rückruf kommt keine Antwort. Dann, die

Verbindung ist so schlecht, ob ich nicht schreiben könnte. Ja, aber ich muss dazu erst an meinem Rechner sitzen, dauert noch ein wenig.

Zu Hause gehe ich sofort online. Viele von mir unbeantwortete Anrufe. Okay, ich schreibe, bin da, wer bist du. Fatima. Fatima wer. Ich bin Rezas Frau. Welch ein Schwachsinn, sage ich. Nein, wir haben vor ca. 27 Tagen geheiratet. Ich studiere in Istfahan, Reza kümmert sich um die Schule. Ich brauche dringend deine Hilfe. Was soll das denn? Wozu? Ich muss wissen, ob das stimmt was die Leute sagen. Reza dementiert alles, was zwischen euch war. Spinnt die? Wer ist das? Reza ist niemals verheiratet, außer er wurde zu etwas gezwungen. Könnte natürlich sein. Der Ton wird aggressiver. Was ist mit Amir, ist das ein Ehrlicher, was weiß er. Zuerst wieder die zuckersüßen und freundlichen Töne, dann ein plötzliches Umschlagen in extreme Aggressivität. Kenn ich doch schon. So schreibt auch keine Frau. Eine frisch verheiratete schon gar nicht.

Du musst mir helfen, bist du noch da, ich brauche deine Hilfe, bitte, bitte, bitte. Ich blockiere den Kontakt. Geisteskrank, was soll man sagen.

Eine Schülerin von mir ist aus Teheran, ich erzähle ihr nicht die Geschichte, nur dass ich mir Sorgen mache um meine Freunde. Sie sagt, soll ich für dich anrufen? Auf keinen Fall. Aber meine Schwester kann aus Teheran anrufen. Ich denke, ein Versuch ist es wert. Sie ruft an. Postwendend bekomme ich grauenhafte Drohnachrichten über Skype von Fatima. Fatima? Sie ist blockiert! Wie haben sie Zugriff? Ich traue der modernen Elektronik nicht mehr. Ich finde im Internet eine Politikerin, die früher in Teheran selbst Folteropfer war. Sie lebt schon lange in Deutschland und ist wohl Expertin auf diesem Gebiet. Ich schicke ihr einen langen Brief und bitte um Antwort, ob sie mir empfehlen kann, wie ich mich verhalten soll, die Lage dort einschätzen und mir einen Tipp geben kann. Ein IT-Experte bietet sich an, mir meinen Rechner zu säubern. Ich zögere, habe gar keine Zeit für so was.

Dann gratuliert mir Reza nachträglich zum Geburtstag über Facebook - wenn er es ist. Kann man ja nicht mehr einschätzen.

Eine Woche später bietet mir ein Freund, Arash, den ich im Sommer das Mail wegen dem Auto geschrieben hatte, die Freundschaft auf Facebook an. Arash, hä, der kennt mich doch gar nicht. Was ist denn das? Sonst weiter kein Kommentar. Ich ignoriere. Am nächsten Tag treffe ich eine Freundin, mit der ich über Facebook das Treffen vereinbart habe. Ich erzähle auch ihr die Geschichte. Sie sagt, ja mich hat auch ein Iraner kontaktiert. Bingo. Arash hat versucht, mit ihr Kontakt aufzunehmen. Wie ich hinterher feststelle, sind da noch mehrere Personen betroffen.

Geheimdienste arbeiten auf diese Weise, mein Name steht auf der Liste, aber natürlich wird das Umfeld und die Kontakte der betreffenden Person auch überprüft und gegebenenfalls überwacht. Mir schwant Übles.

Mir ist klar, dass ich keinesfalls in den Iran fliegen kann. Aber auf die Reise an Weihnachten möchte ich nicht verzichten. Ich beschließe, statt mit dem Auto zu fahren, nach Trabzon zu fliegen. Von dort werde ich nach Batumi reisen um dort Silvester zu verbringen und dann zwei Tage in Tilfis sein. Am Schwarzen Meer, das ist schon Erholung. Und ich möchte mich nicht gängeln lassen, insofern buche ich den Flug und storniere den anderen, bekomme sogar noch Geld zurück. Insgeheim denke ich, vielleicht kann ich in Tiflis ein wenig auf eigene Faust recherchieren, was natürlich zum Einen sehr gefährlich, zum Anderen ziemlicher Humbug ist. Die kleine Anna kann natürlich nicht in einem freunden Land riskieren, sich mit dubiosen Personen einzulassen.

Zwei Tage später werde ich bombardiert mit Mails von einem Iraner, der in Tiflis lebt. Er möchte von mir Deutsch lernen. Das kenn ich doch. Er gibt nicht auf. Er wäre ein Freund von Arash, weißt schon, den kennst du doch. Es wird mir zu blöd, ich antworte, nein, Arash kenne ich nicht, auch nicht über Facebook. Es gibt genügend Deutschlehrer in Tiflis, er soll sich an die wenden. Gleichzeitig eine Mail von Reza, wie sehr er mich vermisst. Ich weiß, es ist fake.

Sarah reist nach Südamerika, ich bekomme meinen Schlüssel zur neuen Wohnung und ziehe um. Ich werde Hannah nach dem Umzug die ganze Geschichte erzählen. Während des Umzugs bekomme ich Anrufe aus Rezas Sprachschule, aber keiner sagt was. Anruf, auflegen. Anruf, auflegen. Anruf, auflegen. So geht das eine ganze Weile.

Die Sprachschule, ich hatte die Webadresse öfters gecheckt. Irgendwann ab September waren plötzlich die Mullahs auf der Startseite, das konnte nicht mehr Reza sein. Ich sehe mir die Seite wieder und wieder an. Finde mehr und mehr Infos auf Englisch, denke, das ist merkwürdig. Dann taucht Arash als Lehrer auf, in Shiraz? Dachte, der ist in Tiflis, ich verstehe nichts mehr. Irgendwann veröffentlicht Arash einen Artikel über Nord-Korea zum Englisch Üben. Ich wurde nur verarscht.

Von Reza gibt es eine Webseite, die so dermaßen fake ist, wer macht solchen Mist. Ist das denen nicht zu blöd? Haben die nichts anderes zu tun? Werde ich das alles jemals verstehen?

Zuvor hat mich noch die Politikerin angerufen, der ich den Brief geschrieben hatte. Sie war entsetzt, aber ich muss lernen, sowohl mit der Bedrohung, als auch mit Spionage umzugehen. Sonst gehe ich ein. Versuchen Sie es. Schöne Aussichten.

# November 2013

Ende Oktober / Anfang November ziehe ich um und es fällt mir alles besonders schwer, da Reza jetzt eigentlich hier sein müsste. Ich liege oft die halbe Nacht mit Tränen wach.

Außerdem bekomme ich zu der Zeit Anrufe aus Rezas Schule in Shiraz auf mein Handy und dann sogar auf meine neue Festnetznummer. Woher wissen sie diese Nummer? Immer wieder. Anrufe, keiner spricht, sie legen wieder auf. Haben die dort nichts besseres zu tun?

Eine Freundin kommt regelmäßig zu mir. Ich halte es kaum noch aus. Sie leiht mir ihr Telefon und ich schicke eine SMS zu Amir an die Nummer, von der aus er mich im September kontaktierte. Ich schicke nur kurz, hi, ich bin es Anna, wie geht es. Wir sitzen in meiner Küche als die Antwort kommt. Alles gut, auch mit Reza. Ich bin beruhigt, sie scheinen nicht in einer Gefängniszelle zu sitzen. Erleichterung macht sich breit.

Mit dem Umzug kaufe ich ein neues Handy, für Notfälle. Eins mit Tasten, kein Smart Phone. Das kann man angeblich weniger leicht hacken. Ich schicke wieder eine SMS an diese Nummer und bekomme schnell eine Antwort. Die Situation ist grauenhaft. Ich muss hier raus. Wollte meinen Doktertitel in Deutschland machen, aber keiner der Professoren antwortet. Ich probiere Masters, es geht nicht mehr. Kannst du mir helfen. Klar, schreibe ich, was brauchst du. Ich bin immer für euch da.

Die nächste Nachricht, wir müssen aufhören, alle Nummern sind unter Kontrolle. Sorry, ich habe nichts getan. Ich muss hier raus. Mist, die meinen es ernst.

Ich bekomme Nachrichten über Facebook, angeblich Reza. Ich antworte vorsichtig. Wie hoch ist die Wahrscheinlichkeit, dass er es ist? Ich schätze 20 %. Er vermisst mich. Viel schreibt er nicht. Als ich einmal nicht sofort antworte, bleibt die Antwort später aus. Für lange Zeit. Was war das? War er es? Wem kann man trauen? Keinem. Ein Freund kommt mich besuchen. Seine Frau ist aus dem Iran. Er warnt mich. Sei vorsichtig. Seine Frau ist mit Kindheitserlebnissen der dortigen Zustände traumatisiert.

In bin neu eingerichtet und fühle mich sehr wohl in der neuen Wohnung. Die Trennung zwischen Thomas und mir war die einzig richtige Entscheidung. Die Wohnung ist schön, nette Hausbewohner, gute Lage. Alles super. Auch in der Arbeit läuft es prima.

Ich komme am Montag in die Schule. Meine Kollegin Maria, die ursprünglich mit in den Iran wollte, zieht mich beiseite. „Stell dir vor, mein Rechner, gehackt! Mein Freund kam drauf, als er mit meinem Computer gearbeitet hat und ein Mail an seine Arbeitsadresse schicken wollte." Die Iraner!! Spysoftware vom Feinsten ist auf dem Rechner. Der Server seines Arbeitgebers zeigt alles an.

Nun wird es klar. Es wurde offensichtlich bei allen Personen, mit denen Reza oder Amir direkt Kontakt hatten, Spysoftware auf den Rechnern installiert, und zwar solche Teile, mit denen man alles ausspionieren kann. Jeden Tastenklick meines Rechners konnten sie einsehen. Deshalb wussten sie auch immer, was ich wann mit wem mache. Totale Kontrolle. Mich trifft fast der Schlag. Wen betrifft das noch alles. Mal sicher meine Tochter, Farah, all die Unileute, mit denen Amir Kontakt hatte. Sicher alle, die was mit Amnesty zu tun haben. Wer ist noch interessant für die? Mein Gott, das kann doch nicht wahr sein! Ich komme mir wie nackt vor. Und vor allem, was sie von mir. Ich mache ja wirklich nichts.

Ich soll lernen damit umzugehen. Ich muss den Rechner platt machen, das ist jetzt klar. Ich rufe meinen IT-Spezialisten an und wir machen sofort einen Termin aus. Was ist, wenn ich elektronisch nicht mehr überwachbar bin? Steht dann einer vor meiner Tür und verfolgt mich? In was für einer Scheiße stecke ich hier?

Narges. Narges ist eine iranische Freundin, die ich auch über Amnesty kenne. Ich hatte sie nach Istanbul angerufen und wir trafen uns auf einen Kaffee. Sie hat mich beruhigt. Sie kann ihre Mutter immer erreichen, auch ihre Schwester, alles nicht so schlimm. Damals dachte ich noch, alles Einbildung.

Wir blieben in Kontakt und haben zwischendurch einen Kaffee

getrunken. Ich lade sie zum Essen ein, wenn ich umgezogen bin. Sie sagt zu und kommt mich Mitte November besuchen. Ich wollte mit ihr Rezas Webseite ansehen, da sie mir die Farsiseiten übersetzen wollte. Sie kommt, die Seite wird abgeschaltet. Zufall? Ich glaube nicht mehr an Zufälle. Wir essen zusammen, sie fliegt in den Ferien nach Hause. Nach 1 ½ jähriger Abwesenheit möchte sie ihre Familie sehen. Verstehe ich. Ich warne sie, sei vorsichtig, aber bitte, bitte, bitte, versuche mir die Jungs irgendwie zu kontaktieren.

Sie liest die Mails vom Geheimdienst. Kann aber nicht so viel damit anfangen. Eine Masche von denen ist, Teile unserer Originalmails zu kopieren, und irgendwelchen Mist hinzuzufügen. Krank.

Als sie weg ist, funktioniert die Seite wieder. Zwei Tage später sieht sie anders aus, nichts mehr auf Englisch zu lesen. Am gleichen Tag eine Mail von Fatima. Ah Fatima, die Frau. Ja, sie schreibt wieder, ich bin die Frau von Reza, diesmal ein anderes Hochzeitsdatum. Fordernd, aggressiv. Ich soll mich sofort mit ihr in Verbindung setzen. Sie wartet. Warte du mal, denke ich, ich antworte nicht.

Am nächsten Tag wird mein Rechner platt gemacht. Alle Viren weg. Vorläufig kein Zugriff mehr von deren Seite. Bin gespannt wie lange. Ich ändere Mail Adressen, Passwörter usw. Warten wir ab. Ich traue dem Frieden nicht.

Ende des Monats bekomme ich eine SMS von Amir. Alle Papiere für seine Bewerbung zum Master sind fertig. Er wird, sofern alles gut geht, nach München kommen.

# Dezember/Januar 2013/2014

Ursprünglich war ja geplant, meinen altern Ford Fiesta nach Tilfis zu fahren und sich mit Reza, wie gehabt, in Edirne zu treffen. Da ich den Flug in den Iran stornieren musste, wollte ich mir vom Geheimdienst meine Ferien nicht verderben lassen. Natürlich hatte ich mir viele Gedanken gemacht und ein Hintergedanke war ja, zu fahren und seine iranischen Freunde oder wer immer ihn dort kennt, zu kontaktieren.

Ich hatte jedenfalls in der Zwischenzeit den Flug für Trabzon gebucht und die Reise mit dem Auto aufgegeben. Über Facebook hatte ich immer noch Kontakt mit einem alten Freund aus Anakara, Serkan. Auch bei ihm war ich zweieinhalb Jahre zuvor Couchsurfen. Wir hatten recht netten und lockeren Kontakt. Eine Zeit lang hat er mit mir über Facebookchat Türkisch geübt und er wusste auch, dass ich eine Beziehung mit Reza aus Tiflis hatte. Wir kamen ins Gespräch. Ihm ging es nicht so gut, da ein paar Wochen zuvor mit seiner Freundin Schluss war und er gerade einen ziemlich unglücklichen Eindruck machte.

Da ich zugegebener Maßen auch ein wenig Angst vor dieser Reise hatte, war meine spontane Idee, ob er nicht würde mitfahren wollen. Er meinte, nun, nach Trabzon wollte er immer schon mal und er müsste das mit seinem Chef abklären. Wie lange ich denn bleiben wolle. Ich dachte an zwei Tage, um Silvester in Batumi verbringen zu können, ein paar Tage Schwarzes Meer klingt nach Erholung und am Schluss für zwei oder drei Tage nach Tiflis.

Nach längerem Hin und Her fand Serkan immer mehr Gefallen daran ein paar Tage Urlaub zu machen. Aus dem Mitkommen nach Batumi wurde schließlich eine Planung, die ganze Reise gemeinsam zu unternehmen.

Mir fiel ein Stein vom Herzen, weil ich mich dadurch wesentlich sicherer fühlte zum Einen, zum Anderen mit Sicherheit nicht auf die blöde Idee kommen würde, die Iraner in Tiflis zu kontaktieren und ich außerdem mit ihm vielleicht eine Ablenkung hätte, die mir ein stückweit in die Normalität zurück verhelfen würde. Nach wie vor war ich jede Nacht am Weinen. Auch wenn ich mit dem Fahrrad nach Hause fuhr oder joggen ging, mir kamen ständig die Tränen. 24 Stunden am Tag war Reza in meinem Kopf und ich hatte manchmal das Gefühl, ich drehe noch völlig durch. Die Reise mit Serkan würde mir vielleicht die Möglichkeit geben, aus diesem Kreis der Gedanken herauszukommen.

Er buchte seine Flüge so, dass wir uns bereits in Istanbul am Flughafen treffen würden. Wir chatteten und skypten viel und meine Konzentration verlagerte sich endlich ein wenig auf etwas anderes.

Ich fing an, mich richtig auf diese Reise zu freuen. Ich würde einen alten Freund wieder sehen. Serkan ist ein lieber, angenehmer und verständnisvoller Mensch, wir kannten uns schon eine Weile und ich war mir sicher, dass es ein schöner Urlaub werden würde.

Die Zeit vor Weihnachten verging recht schnell. Nichts Spektakuläres passierte. Auch keine weiteren merkwürdigen Nachrichten oder Belästigungen gingen ein. War es das? Ist es vorbei? Ist die Sache abgehakt?

An Weihnachten konnte ich es mir nicht verkneifen eine SMS an Reza zu schicken und ihm ein gutes Neues Jahr zu wünschen. Ich hatte keine Ahnung, ob das ankommen würde, aber ich dachte, ich muss mich einfach melden. Am 25. hätten wir beide nach Edirne aufbrechen wollen. Wenigstens eine SMS.

Am 28.12. kam der Abflug. Serkan holte mich am Flughafen ab und die Freude unseres Wiedersehens war riesig. Wir hatten uns natürlich sehr viel zu erzählen und nach Weihnachten waren die ersten Tage, an denen meine Tränen für eine Weile versiegten. Wir bleiben zwei Tage in Trabzon, das ich vom Durchfahren mit Reza ein wenig in Erinnerung hatte. Damals hielten wir uns zum Mittagessen dort auf. Erinnerungen an dieses wunderschöne Restaurant kamen zurück und auch diese verrückte und tolle Fahrt. Das Wetter war schön und danach wollten wir nach Batumi weiter, wo ich der Fremdenführer für Georgien sein sollte.

Das Ganze klappte wunderbar. Von Trabzon nach Batumi ist es

nicht weit. Am 30.12. kamen wir dort an. Batumi wurde in den letzten Jahren sehr zum Ferienort ausgebaut, ich liebe diese Stadt sehr. Wenn man außerhalb der Touristenzeit dort ist, kann man tatsächlich die Ruhe genießen.

Silvester hatte das Hotel ein paar Dinge für die Gäste geplant. Die Georgier sind sehr gastfreundlich und trinkfest, war mir schon klar, dass die eine Fete veranstalten würden. Am Morgen hatte ich meine Mails gecheckt und mich traf fast der Schlag. Eine Message von jemandem, falscher Name, auf dem Cover das Buch, das ich Reza im Sommer geschenkt hatte. Zuerst auf Englisch, dann auf Deutsch. Hi Anna, ich habe nie geantwortet, aber ich muss dich warnen, alle deine Mails werden gelesen, dein Telefon abgehört, schreckliche Dinge sind passiert. Ich lerne Deutsch usw. usw.

Ich bin so erschrocken, dass ich erstmal nur weinen musste. Wer war das? Haben sie Reza verhaftet? Wieso das Buch? Englisch und Deutsch. Ich habe gar nicht mehr weiter gelesen, weil ich mich in diesem Urlaub mit Serkan nicht mit der Geschichte belasten wollte. Was war das? Ich war völlig verwirrt. Mir wurde in dem Augenblick klar, dass ich mit allem Recht hatte, konnte diese Message aber nicht einordnen. In keinster Weise. Dann eine weitere Nachricht von Keti. Keti, meine Freundin aus Georgien, die in Offenbach wohnt, und die ich damals in Batumi kennengelernt hatte. Auch völlig wirr. Sie hatte versucht mich zu erreichen, ist ihr aber nicht gelungen, sie muss mich dringend sprechen, dann ein paar Anhänge, auch hier eine Bestätigung, dass ich abgehört werde. Ich war völlig durcheinander. Internet war zu dem Zeitpunkt sehr langsam. Ich habe ihr geschrieben, ich melde mich, sobald ich zu Hause bin, per Telefon.

Keti, was hatte sie damit zu tun? Es kam wieder eine Anfrage von diesem Arash, danach eine SMS von einer Freundin aus der Schweiz, sie wurde von einem Arash kontaktiert, was sie machen soll. Kenn ich den? Wer ist das? Ich habe gleich zurückgeschrieben, bitte löschen, auf keinen Fall antworten. Irgendwas war im Gange, ich konnte und wollte es zu dem Zeitpunkt nicht einordnen. Es war Silvester, ich war mit Serkan im Urlaub und konnte endlich mal ein paar Tage genießen, ohne Tränen, ohne ständig an diese Geschichte denken zu müssen. Es musste einfach alles warten bis ich wieder zu Hause war.

Im Nachhinein muss man sagen, Serkan hat mir tatsächlich mit dieser Reise meine Normalität zurückgegeben, er stand mir als Freund zur Seite, als ich dringend jemanden brauchte. Er hat mich abgelenkt und ich habe keinen Blödsinn gemacht, ich konnte diese Zeit genießen und dafür bin ich ihm sehr dankbar.

Der Silvesterabend war dann ganz lustig. Mit den anderen Gästen gab es einen netten Abend mit viel Wein, klar Georgien. Wir sind dann noch zwei Tage geblieben, das Wetter war auch sehr schön, um dann nach Tiflis aufzubrechen.

Auf dem Weg dahin hat Serkan geschlafen und als wir an der Stelle vorbei kamen, wo ich mich in Sommer von Reza verabschiedet habe, kamen mir doch kurz die Tränen. Mir kommt vor, als würde ich jeden Baum zwischen Batumi und Tiflis kennen.

Nun, auch in der Altstadt von Tiflis kenne ich jede Straße und habe an alles Erinnerungen, aber ich freute mich einfach, so eine Art Fremdenführer für Serkan spielen zu können, insofern ging es mir dort gut. Dass ich nicht zu den Iranern gelaufen bin, verdanke ich ihm. Wir genossen die zwei Tage, im berühmten Irish Pub traf ich zufällig einen Bekannten aus München. Man kann es nicht fassen, aber mir geht das oft so, dass ich irgendwo auf der Welt unverhofft auf Leute treffe, die ich kenne.

Unser Abflug war um 6.30 Uhr morgens und als wir am Flughafen ankamen, war der Flug storniert. Lag am Nebel in Istanbul und die Maschine konnte nicht starten, um uns zu holen. Große Aufregung am Flughafen und wir mussten eine Nacht länger bleiben, wurden in ein Hotel gebracht und bewirtet. Mit Serkan konnte ich den Tag genießen, aber auch da waren wir wieder nahe an den Iranern gewesen. Alleine hätte ich sicher dort bei den Freunden von Reza vorbeigeschaut, da das Hotel praktisch um die Ecke des iranischen Business-Centers lag, indem Reza früher sei Büro hatte.

Einen Tag später in Istanbul musste ich zwangsweise zusätzliche zwei Tage einlegen, da alle Maschinen ausgebucht waren, wir waren wieder in 5 Sterne Hotels mit super Essen untergebracht. Aber eigentlich möchte man ja nach Hause. Ich wollte mich auch umgehend mit Keti in Verbindung setzten, aber nun, das musste jetzt warten. Mir kam es so vor, als wäre das ein Hinweis des Universums: liebe

Anna, lass das Planen. Und irgendwie mag mich auch die Region nicht loslassen. Ich bin gespannt, wann ich wieder dort hinkomme. Zur Zeit sieht es nicht danach aus, aber mein Bauchgefühl sagt mir, dass ich nicht das letzte Mal in meinem Leben in dieser Ecke der Welt gewesen bin.

Insgesamt war das Fazit der Reise, dass es mir super gefallen hat, ich meine Probleme für zwei Wochen vergessen konnte und mir Serkan als wichtiger Freund zur Seite stand. Zu Hause angekommen, musste ich gleich in die Arbeit, aber danach war meine erste Tat Keti anzurufen. Es brach gleich aus ihr heraus, das war Reza, der uns da kontaktiert hatte. WAS? Nicht der Geheimdienst. Dann fiel es mir wie Schuppen von den Augen. Natürlich, das Cover auf dem Account, das Buch, das ich ihm im Sommer geschenkt hatte, haben sie ihm nicht weggenommen, sondern er lernt damit Deutsch.

Im Nachhinein ist alles klar geworden. Er hatte als erstes Keti kontaktiert, da er von ihr wusste und auch wusste, dass sie die Geschichte kennt. Es fielen keine Namen, aber es war ersichtlich, dass er es war. Zum Einen hat er ihr geschrieben, dass wir ganz vorsichtig sein müssen, da meine E-Mails gelesen werden und mein Telefon abgehört wird. Dann schrieb er auf Deutsch, weil er das eben ganz intensiv lernt und auf seine Zulassung für eine deutsche Universität wartet. Reza, er ist es!! Mein Gott, tatsächlich, wieso habe ich das in Batumi nicht gemerkt?? Aber das war vielleicht auch gut so. Nachdem ich so lange vom Geheimdienst bombardiert wurde, konnte ich nicht erwarten von Reza tatsächlich was zu hören. Dann habe ich die Nachricht von ihm ungefähr 20 Mal gelesen. Also auch hier die Bestätigung, dass ich überwacht werde. Viel Schreckliches ist passiert. Viele Probleme gibt es und er muss sehr vorsichtig sein. Er hatte zuerst Keti kontaktiert, es aber dann nicht mehr ausgehalten und wollte direkt mit mir in Kontakt treten. Er lernt Deutsch, arbeitet an seiner Ausreise, weiß aber nicht, wann und wie das klappt. Meine E-Mails werden zum Teil ausgedruckt und ihm vorgelegt, damit wird er unter Druck gesetzt. Seine Schule haben sie ihm nicht weggenommen, aber gezwungen, das so zu unterrichten, wie sie das gerne hätten. In jeder Klasse sitzt ein Spitzel, der alles nach oben weiter meldet. Er wird komplett überwacht.

Aber er versucht zu kommen. Und ich sollte ihm keinesfalls eine Mail schicken oder SMS oder telefonieren. Die Überwachung des Telefons wäre das Schlimmste, auch das Handy, weil diese Smart Phones so leicht zu kontrollieren sind.

Ich wusste nicht, wie ich reagieren sollte, ist es gefährlich? Vermutlich. Ich habe mal zur Vorsicht ein Smily geschickt, wollte erst mal sehen, ob er das sieht. Als ich sah, dass er es angeschaut hatte, schrieb ich einen weiteren Satz, dass ich wüsste von der Bedrohung und der Überwachung. Aber auch, dass ich hier Hilfe habe und jeden Tag an ihn denke.

Dann typisch, die Antwort kam als Gedicht. Goethe, ja das ist er, Reza, wie ich ihn kenne. Der Poet, Literaturmann, Romantiker. Ich spüre ihn in jeder meiner Blutzellen. Es ist nicht erklärbar, aber ich weiß, was da unten abgeht, die Bestätigung ist auf meinem Rechner. Er würde mich sehr vermissen, ja ich auch. Meine Tränen waren ab Ankunftstag zurück, aber diesmal nicht aus Sorge, sondern eher aus Freude, weil ich endlich eine Nachricht hatte. Weil ich wusste, wie Recht ich mit allem hatte und weil er an seiner Ausreise arbeitete. Ich gebe die Hoffnung nicht auf. Mein Bauchgefühl hat mir immer gesagt, dass er kommen wird. Ich glaube mehr denn je daran.

Ja, meine Tränen sind für den Augenblick versiegt. Ich bin gefragt still zu halten und abzuwarten, eine Rolle, die nicht meine ist, aber aus der ich nicht ausweichen darf. Aktivitäten würden ihn gefährden, also warten, warten, warten.

# Der große Fehler

Ende Januar hat sich dann doch unser Kontakt über Facebook intensiviert. Ganz einfach, wir haben es nicht anderes ausgehalten. Am Anfang bekam ich nur so eine Idee von dem, was im Herbst abgelaufen ist, aber meine Vermutungen schienen sich zu bestätigen. Er wurde schwer verwarnt, hat große Einschränkungen was seine Arbeit und sein Leben betrifft und kann dort nicht mehr leben. Er muss raus, was ja von Anfang an klar war.

Auch ich berichtete von meiner Erfahrung. Er war natürlich schockiert. Amir meldete sich wieder bei mir. Er war ganz euphorisch, da er inzwischen Kontakt mit der TU München hatte, es zwar nicht zum Frühjahrssemester schaffte, weil, typisch deutsch, alle Unterlagen beglaubigt, gestempelt usw. werden müssen. Aber offensichtlich waren sie dort von ihm sehr angetan und wenn er alles entsprechend nachreicht, sollte er seinen Platz für Herbst haben.

Merkwürdig fand ich nur, dass der Geheimdienst sich wieder bei mir meldete. Dass etwas im Busch ist, haben wir einfach zusammen ignoriert. Ich war mir der Gefahr zwar schon bewusst, hatte sie aber bis zu diesem Zeitpunkt nicht ernst genug genommen.

Nach und nach haben Reza und ich uns mitgeteilt, was alles in der Zeit passiert ist. Jeder war schockiert. Reza war sich keineswegs bewusst, wie gefährlich unsere Chats waren. Ich wusste zwar, dass mein Facebook gecheckt wird, dachte aber mit einem nicht Befreundeten könnte es sicher sein. Wie naiv.

Wir haben uns alle paar Tage gesprochen und Anfang Februar flog er nach Dubai, um den ILTS Test zu machen. Er konnte derweilen bei seinem Onkel unterschlüpfen und wollte mich von dort aus anrufen. Aber, typisch Orient, da man ständig mit irgendjemandem zusammen ist, konnte er sich nicht losreißen. Insofern chatteten wir dann die halbe Nacht. Dass er bedroht wurde, mich ja nicht anzurufen, erfuhr ich erst hinterher.

Von dort aus schrieb er mir alle Details, die mit ihm passiert sind. Ich hatte das alles gespürt und die Bestätigung bekam ich nun von ihm.

Er wurde bereits lange, bevor er überhaupt nach Georgien ging, überwacht. In Georgien wurde er auf Schritt und Tritt überwacht, Akten, Dokumente und Fotos wurden ihm minutiös vorgelegt. Alles lief nach deren Plan, bis die liebe Anna aus Deutschland auftauchte ist, und hier mal eine Runde Flausen in den Kopf setzte. Und dann kam ja auch noch die Liebe dazu. Die Pläne wurden von mir durchkreuzt, kein Wunder, wurde ich zum Staatsfeind erklärt. Im September schlugen sie dann zu:

er wurde extrem unter Druck gesetzt und es wurde gedroht die Familie zu denunzieren.

er darf nur noch halbtags arbeiten und hat in diversen Klassen einen Spion sitzen

er darf wegen moralischer Korruption in keine Universität mehr im Iran

er soll bis September verheiratet sein, sonst darf er gar nicht mehr arbeiten

und er muss für die Mullahs irgendwelchen Kram machen

Für ihn der Entzug jeglicher Lebensgrundlage.

Er hatte Kontakt mit der Freiburger Universität, immer noch sein Lieblingsstudium dort. Aber er hatte auch weitere Unis für den Notfall gefunden: München, Nürnberg, Regensburg.

Er wusste, dass er sicher genommen wird, Freiburg hatte ja seine Bewerbung schon, aber eben ohne die gestempelten Dokumente und den ILTS Test.

Seine Pläne für die Zukunft waren groß. Wir haben von unserem Roadtrip geschwärmt und dass wir ein gemeinsames Leben ab Herbst haben wollten. Er Freiburg, ich München, da sitzen wir nicht zu eng aufeinander und sind doch in Reichweite, perfekt. Auch gemeinsame Unterrichtsprojekte waren in Planung.

Ich bat ihn in dieser Zeit nicht in den Iran zurückzufliegen und von Dubai aus alles Weitere zu organisieren. Ich flehte ihn an. Vergeblich. Seine Lebensgrundlage konnte er nicht aufgeben und sein Vater, der 40 Jahre in Dubai gearbeitet hatte, war inzwischen zurück, so dass er nicht mehr bleiben konnte. Auch finanziell unmöglich. Er war sehr zuversichtlich, diese Sache unter Kontrolle zu haben. Für ihn lag alles klar auf der Hand. Welche Fehleinschätzung!!

Wir spachen danach lange über mein neues Leben hier, über meine Familie und Arbeit, und es war wieder zurück, das alte Vertraute und die gemeinsamen Pläne, unsere Liebe. Wir spürten uns so intensiv, das kann einem keiner nehmen.

Ich erzählte ihm von Serkan. Mein Gott, er hat mir letztlich meinen und seinen Hintern gerettet durch sein Mitkommen an Weihnachten. Ohne ihn hätte ich mich mitten in die Geheimdienstzentrale in Tiflis begeben, ohne es zu merken. Und vermutlich wäre ich da auch nicht mehr rausgekommen.

Mit Serkan hatte ich weiterhin guten Kontakt, er wollte mit mir seinen Jahresurlaub verbringen, ich hatte ein wenig ein schlechtes Gewissen, aber wollte dann alles mit ihm persönlich besprechen.

Als Reza wieder im Iran zurück war, trotz meiner Warnungen, setzten wir den Kontakt intensiv fort. Er hatte inzwischen auch sehr gut Deutsch gelernt, und sich auf Deutschland vorbereitet. In Gedanken war er schon hier. Dann war ein paar Tage Ruhe, ich schrieb aber weiterhin. Ein leicht merkwürdiges Gefühl beschlich mich.

Am 16. Februar dann die Nachricht, zum Einen, dass er den Sprachtest mit maximaler Punktzahl bestanden hatte, ABER, er wurde wieder verwarnt und offensichtlich kam jetzt auch sein Bruder Amir ins Visir der dortigen Ermittlungen. Er bat mich inständig auf keinen Fall mehr Kontakt zu haben, da er in großer Gefahr sei. Amir! Was haben wir verbrochen? Wir haben nur gechattet! Einige nette Unterhaltungen, sonst nichts!

Jedenfalls wurde er überfallen und seine elektronischen Geräte abgenommen. Reza wurde darüber vorab informiert und ein merkwürdiges Mail von Amir kurz zuvor, ließ darauf deuten, dass dies ernst war! Sie sind präsent und schlagen zu.

Und wieder die Angst: Jede Minute Überwachung und Bedrohung. Diesmal spürte ich seine Angst wieder in meinem Blut. Dann der Blow: sie lassen ihn nicht auf die Deutsche Botschaft! Warum, warum, warum? Was haben wir getan? Aber eine Mullah-Diktatur kann man hier in Deutschland nicht verstehen.

Im Februar hat er Geburtstag, ich gratuliere ihm, verspreche, im nächsten Jahr ausgiebig mit ihm zu feiern. Ich wünschte, wir wären zusammen.

# Das Ende (?)

Der 21. Februar 2014. Ich war in Regensburg um eine Freundin zu treffen. Ein regnerischer und kalter Tag und wir hatten uns schon lange nicht mehr gesehen.

Als wir am Nachmittag durch die Stadt schlenderten, eine Message, Reza. Wenn ich alleine gewesen wäre, wäre ich vermutlich auf der Stelle umgekippt. Ich übersetze dies jetzt nicht, man versteht, was los ist:

*Anna. The life of me and my relatives are threatened. Their demand: complete halt to any contact with you. I am both tired and exhausted of any other threat with no reason. They have been so clear this time. ‚You can be in contact with a German person, no problem, but not Anna.' Then the life of me and my family is threatened and it doesn't matter for them whether I'd be IN or OUT of Iran. We got to stop this connection right now. Not easy for me. But it is the reality. Good bye Anna, forever. Seemingly anything written here is checked as well. Thank you for all the good feelings. I don't wanna continue a life of threat either in or out of the country, as I've not done anything. I'm going to start my next academic try but with this hourly burly I'll not be able or, for sure, they will not let me. We got to stop it, and for Amir as well. I'll miss you and every good person that I came to know with you. Good bye forever dear Anna. Please do not contact me or Amir. In case you see any financial loss you've had please tell me to make it up. Thank you for all the good days. Thank you for all the good feelings. Hope and pray for better days for me. Kiss you and all my good friends, dear Hannah, Fred, Farah, and all. Please do not respond to this I need to get out of this trouble for ever. Good bye, Adieu*

*February 24th, 10:03am*

*Chat Conversation End*

Ich fuhr wie in Trance nach Hause. Lebensbedrohung für ihn und die Familie. Das Ende, klar, so weit. Kommt er raus, überlebt er? Ich weiß es nicht. Ich muss mich völlig zurückziehen. Was wird passieren?

Am nächsten Tag fragt Serkan, wann ich nach Albanien fahre. Er wird mitkommen! Vielleicht muss das auch so sein? Ich bin abgelenkt und wir planen den Trip für März. Ich verdränge die ganze Geschichte vorläufig. Arbeite wie blöd, lenke mich ab, sonst werde ich verrückt. Und wieder ist es Serkan, der mich aus dieser Situation rettet. Ohne ihn wäre ich vermutlich verrückt geworden.

# März 2014

Ich verbrachte eine Woche in Albanien. Mit Serkan. Wir hatten eine schöne Zeit. Ich erzählte ihm die Details von Reza. Ich war froh, dass er dabei war. Beim ersten Abendessen in saßen wir Tirana und ich brach in Tränen aus. An einem Tag bekam ich die Spuckerei, drei Tage konnte ich nichts essen. Ich denke, es kam alles von dieser Geschichte hoch. Ich hatte Zeit zum Nachdenken und kam ein wenig zur Ruhe, der Körper hatte reagiert.

Ein weiterer Niederschlag. Kurz vor der Heimreise teilte Serkan mir mit, dass er sozusagen zwangsverheiratet wird. Man denkt immer, so was trifft nur Frauen, aber Männer sind genauso die Leittragenden bei solchen Familienentscheidungen. Seine Eltern hatten ihm schon vor längerer Zeit eine große Wohnung gekauft für seine zukünftige Familie und jetzt machten sie Druck. Er durfte nicht mal alleine in diese Wohnung ziehen, in Ankara im 21. Jahrhundert. Unglaublich. Er war auch nicht super begeistert ,aber meinte, so ist das eben. Witzigerweise ist er bis heute nicht verheiratet und schafft es immer wieder sich den vorgestellten Damen zu entziehen.

Serkan ist mir seit Weihnachten ein vertrauter Freund geworden, der mir in dieser Zeit zur Seite stand. Ich kannte ihn ja auch schon fast drei Jahre. Natürlich nicht wie mit Reza, aber doch war es etwas Schönes. Ablenkung, friedlich, angenehm, auch vertraut. Ich fand es schade für ihn, dass er emotional mit seiner konservativen Familie so eng verbunden ist, weil das sein ganzes Leben ausbremst. Ich genoss Albanien und die letzten freien Tage.

Dann der 18. März: eine Nachricht vom Geheimdienst. Wieder diese typischen blöden Sprüche: Shame on you. I hate you. Alles wieder gleiche oder ähnliche Wortwahl wie sechs Monate zuvor. Was soll das? Was ist los? Ich mache NICHTS! Das erste Mal bekomme ich richtig Angst. Was wollen die von mir?

Am nächsten Tag werde ich richtig wütend. Diese Idioten lassen mich nicht in Ruhe und Serkan soll verheiratet werden, spinne ich oder die anderen? Packe das alles nicht mehr. Schreibe Serkan, es reicht. Im März hat Amir Geburtstag, ich weiß, ich darf keinen Kontakt halten, trotzdem poste ich ihm Happy Birthday auf seine Timeline. Fehler!

Ich bekomme sofort eine Antwort: vielen Dank, ich schätze das, aber bitte kein Kontakt!Verstanden.

Ich beschließe, in Zukunft eine andere Richtung einzuschlagen, weg vom Orient. Ich schätze die Menschen dort sehr, liebe die Warmherzigkeit, aber es geht einfach nicht mehr. Ich stehe so ein wenig vor einem Trümmerhaufen, aber ich bin ein starker Mensch. Alles geht weiter, vielleicht anders, aber ich hab auf das keine Lust mehr. Auch meine Tochter Sarah ist inzwischen wieder aus Zentralamerika zurück. Ich erzähle ihr die ganze Geschichte. Sie ist nicht schockiert. Zum Glück. Zumindest lässt sie sich nichts anmerken.

Ein paar Tage vergehen. Dann der Hammer schlechthin: Ich bekomme Morddrohungen. Wiederholt wird mir mitgeteilt, dass ich sterben müsse. Ich habe sofort das Auswärtige Amt verständigt und mit einigen Leuten gesprochen. Ich sollte dringend zur Polizei.

Es hängt so viel dran an dem Ganzen, dass ich zuerst zögere, mich aber dann doch entschließe. Einen ganzen Abend verbringe ich auf der Polizeistation und erzähle meine Geschichte. Zumindest dort habe ich das Gefühl, dass mich einer ernst nimmt. Ich bekomme ich einige Tage später einen Anruf von der Kripo. Letztlich passiert aber nichts. Weil nichts eindeutig nachweisbar ist. Naja, die melden sich auch nicht mit: „Hallo, ich bin der iranische Geheimdienst und lasse mal schnell einen eurer Bürger verschwinden." Kein Wunder, fangen die keine NSU-Mörder. Ärgere mich ein wenig, nicht ernst genommen zu werden.

Eigentlich hätte ich auch nach Ankara zu Serkan fliegen sollen. Nur, vermutlich auch zu meinem Glück, hat die Lufthansa einen drei-tägigen Streik angesetzt und mein Flug wird annulliert. Schutz hätte ich dort keinen, insofern ist das besser so.

Ich werde also mit den Morddrohungen alleine gelassen und habe Kontaktverbot mit Iranern und weiß nicht, ob sie dort unten noch leben oder die Chance besteht, raus zu kommen. Was für ein blödes

Gefühl. Wieder kreist Reza 24 Stunden am Tag in meinem Kopf herum.

Da eine Freundin von mir einen bekannten Polizisten aus einem spektakulären Mordfall aus München kennt, spricht sie mit ihm. Sofort klingeln bei ihm die Alarmglocken. Ja, so arbeitet dieser Geheimdienst. Er kennt solche Geschichten. Er hinterlässt mir eine Liste an Restriktionen, die ich doch bittschön einhalten sollte, wenn ich mich keiner Gefahr aussetzen möchte. Dazu gehört eigentlich auch raus aus Facebook, aber das lasse ich mir nicht verbieten, nicht weil ich ein Facebook Fanatiker bin, aber es gibt Leute, mit denen ich ausschließlich über Facebook in Verbindung stehe, und darauf möchte ich nicht verzichten, ich habe ich nichts Falsches gemacht.

# Frühjahr 2014

Der April plätschert relativ belanglos dahin. Mit Serkan bin ich wieder am Chatten. Er hat mir sehr geholfen in all dieser Zeit, andere Freunde verstehen mich nicht.

Da er geschäftlich nach Holland muss, wird er mich anschließend ein paar Tage in München besuchen und ich freue mich sehr. Ich arbeite nach wie vor viel, denke aber jeden Tag an Reza und schicke gedanklich gute Wünsche in den Iran.

Am 30. April bekomme ich eine sehr merkwürdige Mail mit Absender des Guesthouses aus Tiflis, wo ich im August mit Reza war. Ein falscher Name. Da das Guesthouse auch gerade Saison hatte, war es jedenfalls nicht der Vermieter. Ein angeblicher Steve, der in Zypern gerade Geld und Pass verloren hat, ich sollte dringend helfen. Hä? Tiflis, Zypern, da war ich im August, was ist das nun schon wieder? Wie sich später herausstellt, könnte es auch einen anderen Zusammenhang haben.

Dann ein Wochenende London, der Besuch von Serkan, und ein Wochenende in der Schweiz.

Meine Befürchtung, die ich auch von der Polizei bestätigt bekam, dass Serkan auch vom Geheimdienst überwacht werden könnte. Er müsse aufpassen, das sagen mir auch meine Freunde und Leute, die etwas von Geheimdienstarbeit verstehen, nur auf was konkret ich aufpassen soll, darüber lässt sich keiner aus.

In einem meiner Kurse habe ich das Gefühl, dass eine Agentin des Geheimdienstes sitzt. Eine Iranerin, von denen ich plötzlich in jeder Klasse eine sitzen habe, und alle kommen aus Shiraz, und diverse andere Parallelen stimmen auch. Spinne ich, oder ist es mal wieder ein krasser Vorgang? Ich kann es nicht einordnen, bin aber tatsächlich vorsichtig. Der Wahnsinn, wie sich diese Geschichte in mein Leben frisst. Auch wenn sie sich als harmlos herausstellen sollte, verändere ich mein Verhalten in der Klasse. Ich glaube eher, sie beobachtet mich, aber da gibt es nichts zu beobachten, da ich mich neutral verhalte und nichts Privates erzähle. Dann eine SMS, Amir? Ist er es, ist es ein Fake, keine Ahnung. Wollte eine Info über die Uni München. Ich antworte, bin aber im Unterricht, und kann nicht weiter darauf eingehen.

# Sommer 2014

Es ist tatsächlich Amir, er ist sehr verärgert, da sie seine Bewerbung an der TU München nicht akzeptiert haben. Ob ich nicht noch mal anrufen könnte, an was es gescheitert ist, und ob sie es sich noch mal anschauen könnten.

Ich sage zu, es ist Pfingsten, leider geht vor Dienstag nichts. An Pfingsten sehe ich unsere alten Fotos an, sitze heulend am Rechner und spüre Reza nah wie immer.

Ich kontaktiere die TU, schildere den Fall per Mail, vielleicht hilft es ja was. Am Dienstag rufe ich zur Sicherheit gleich am Morgen an. Die zuständige Sachbearbeiterin hat bereits ein Mail an Amir geschickt, wir werden die Bewerbung noch mal durchsehen. Hoffnung.

Dann eine Message, Reza möchte mit dir sprechen. Über Facebook, es ist dringend.

Reza, ich kann es nicht glauben, wieder das Gefühl unserer gemeinsamen Seelen die Tage zuvor, dann war er wieder da.

Er musste mich unbedingt sprechen. Seine Bedingungen sind so grausam geworden, jeder Tag ist die Hölle. Eine Uni-Bewerbung für Deutschland wurde ihm unmöglich gemacht, er hat einen Mullah neben sich, der auch fließend Deutsch kann und der ist auf ihn angesetzt. Ich ahne, wie gefährlich diese Konversation werden würde, aber ignoriere es wie er.

Sein Anliegen war das Asylverfahren. Lieber über Asyl raus oder die Uni-Schiene. Er hat eine Zusage für Nord-Zypern, das geht ohne Visaaufwand, die Uni gehört zur Meta in Ankara und ist führend in manchen Bereichen. Ich rate vorläufig ab von Asyl. Die Geschichte klingt dubios, ich sage, probier die Uni zuerst. Als Asylant endet man häufig als Bus- oder Taxifahrer, über Uni hat man bessere Chancen und wenn er erst mal in Zypern ist, kann er über Erasmus nach Deutschland kommen. Ich fliege auch nach Zypern, mir ist das egal, Hauptsache raus aus dem Iran.

Dann kommt es mir in den Sinn. Er hat sich für das Programm in Nord-Zypern beworben, Ende April. Ah, da hatte ich diese merkwürdige Mail bekommen, die einen Zusammenhang Tiflis-Zypern hergestellt hatten. Ich traue Nichts und Niemandem. Warne ihn auch. Die Absenderaddresse war von unserer Tiflisunterkunft und es war dieser merkwürdige Geldbettelbrief. Der Typ würde in Zypern feststecken, Paß verloren und bräuchte dringend Geld für die Ausreise. Total dubios. Der Kerl ist sicher weder in Zypern noch sonst wo. Alles nur fake.

Wir chatten die ganze Nacht, die Zusammenhänge sind jetzt mehr oder weniger klar, die Geschichte fügt sich wie ein Puzzle zusammen: 2009 wurde Reza von einem Nachbarn, den er kannte, gefragt, ob er nicht für den Geheimdienst tätig sein möchte. Er lehnte ab, weil er auch gerade dabei war, seine Sprachschule zu eröffnen und sowieso niemals für diese Leute arbeiten würde. Nun, hier wie dort, damals in der DDR, konnte man Stasimitarbeit auch nicht ungestraft ablehnen. Es erfolgte eine mehrjährige Beobachtung, bis dann in vollem Umfang zugeschlagen wurde. Durch diese genauen Beobachtungen kennen sie jede Schwachstelle, den Tagesablauf, einfach alles. Somit ist man leicht verletzbar und angreifbar. Eine zentrale Rolle spielt auf jeden Fall unsere berühmte Fatima, die mit ihm die Sprachenschule aufgebaut hatte, er war der Meinung, sie ist auch eine sprachinteressierte Dame, aber sie hat sich zum Einen in ihn verliebt, zum Anderen hatte sie damals schon für den Geheimdienst gearbeitet und war für seine Überwachung angesetzt.

Es folgte also eine fast minutiöse Observation und als er in Georgien war, wurde der Plan ihn zu vernichten vollendet. Fatima hatte sein vollstes Vertrauen und alle Vollmachten, die man nur haben kann. Klar, wusste sie auch von mir, ein Leichtes ihn alleine damit zu ruinieren. Sie hatte in seiner Abwesenheit die Schule mehr oder weniger in den Sand gesetzt und für ca. 10.000 € Kredite in seinem Namen aufgenommen. Eine wahnsinnige Summe für iranische Verhältnisse. Auch hatte sie alles getan, um ihn zu einer Heirat zu bewegen, natürlich hasst er sie inzwischen abgrundtief. Ich habe ein Buch eines englischen Journalisten gelesen, der beschreibt die modernen Foltermethoden außerhalb der Gefängnisse, eins zu eins wurde das an Reza angewendet. Und natürlich war ich einer der ganz großen Fehler, der ihm zum Verhängnis wurde, meine Mitgliedschaft bei Amensty International tut ihr übriges.

In den Frühlingswochen wurde er gezwungen seine anderen Sekretärinnen oder Mitarabeiter, was immer die waren, zu entlassen. Trotz unseres Kontaktverbotes haben sie ihn nicht in Ruhe gelassen und versuchen weiterhin, ihn völlig zu vernichten. Es gibt angeblich Sexfotos von uns, das kann wiederum nur aus Istanbul sein, eine andere Erklärung habe ich nicht, wenn es sie überhaupt gibt, aber erwähnt wurden diese Fotos mehrmals. Ich habe damit kein Problem, hier in Deutschland interessiert sich niemand für diesen Mist, ihn dort würden sie kaputt machen.

Ich erkundige mich auf allen Kanälen über Asylverfahren, sieht echt übel aus, da er auf jeden Fall zuerst irgendwie hierher kommen muss. Wir tauschen uns aus, alle Infos vor und zurück, alle Zusammenhänge werden klar, es kommt Hoffnung auf, wir lieben uns, ich weiß nicht, wie alles weitergeht, aber ich bin nach wie vor positiver Dinge.

Zwei Tage später, ich bekomme eine Mail von Amir, total sauer, er flippt komplett aus: die TU hat ihn abgelehnt. Er bricht jeglichen Kontakt ab. Ich verstehe die Verärgerung, alle wollen an die TU, es gab zu viele Bewerbungen und harte Auswahlkriterien. Ein wenig seine Schuld, nur auf eine Uni zu setzen, aber die Bewerbungsunterlagen sind sehr teuer, da alles beglaubigt werden muss und jeder Zettel kostet. Es tut mir unendlich leid, aber ich kann nichts machen.

Am nächsten Tag fliege ich nach Mazedonien, Serkan ist wieder mit dabei. Und ich verbringe ein paar schöne Tage am Ohrid See.

Reza kontaktiert mich, als ich in Mazedonien bin. Beide haben wir gerade wenig Internetzugang, wir sprechen weiter, wenn ich zurück bin. Ich vermisse ihn, wie immer. Als ich wieder zu Hause bin, chatten wir. Diesmal klingt alles nicht mehr so positiv. Er wird nicht auf eine Deutsche Botschaft können wegen der Überwachung, insofern ist eine deutsche Uni gestorben, bleibt tatsächlich nur die Zypern-Alternative. Eine Möglichkeit über Skandinavien herauszukommen, erweist sich als zu dubios und gefährlich.

Seine Situation wird täglich schlimmer, täglicher Psychostress, er hält es fast nicht mehr aus. Ich leide mit. Sie versuchen ihn völlig zu zerstören und die Außenwelt bekommt noch nicht mal was mit, weil er ein nettes Gesicht machen muss. Auch in seiner Familie kann er keinem trauen.

Dann erneut eine Hoffung, der Professor aus Zypern hat ihn persönlich angerufen. Er hat einen sicheren Platz an der Uni und wird vermutlich auch ein Stipendium bekommen. Klingt alles nach grünem Bereich.

Ich bin ein wenig traurig, weil Zypern nicht ganz so nah ist, aber machbar für Besuche. Allerdings ist mir klar, dass er auch dort nicht sicher und geschützt ist. Aber zumindest raus aus dem Iran, alles andere wird man weiter sehen.

Wir chatten wieder lange, ich freue mich über den neu gewonnenen Optimismus. Er hat alles, was mit ihm seit September passiert ist, und auch teilweise schon davor, für Asylzwecke dokumentiert. Gut, dass ich schon zwei Mal diesbezüglich bei der Polizei war, das hilft vermutlich bei einem eventuellen Asylverfahren. Er wollte mir alles schicken, damit ich es für Notfälle habe.

Auch über dieses Buch berichte ich. Er sollte das letzte Kapitel hier schreiben, aber über Internet können wir uns gegenseitig nichts schicken. Es ist einfach alles nur zum Kotzen. Wir tauschen wieder Infos aus, wägen Pros und Cons ab über alle Möglichkeiten von Asyl bis über Uni und Reisemöglichkeiten. Eine Minute Hoffnung, die andere Frust, aber das mit Zypern klingt zumindest einigermaßen gut. Wir chatten die nächsten Tage weiter, sind glücklich voneinander zu hören. Wir lieben uns, möchten uns sehen, aber Skypen ist uns zu gefährlich. Dann eine ernüchternde Mail morgens um 4 Uhr. Ich werde aus dem Schlaf gerissen. Wie immer spüre ich, was los ist, wache eine Minute vor der Mail auf. Er kann sich das alles nicht leisten. Zu teuer. Alles Geld, das er verdient wird ihm abgenommen. Er ist am Ende. Wir diskutieren bis ich in den Unterricht muss. Ich bin völlig kaputt und übermüdet. Schleppe mich in die Arbeit und bin total unkonzentriert. Er hat mir alles erzählt, wie sie ihn fertig machen, wie Fatima ihn fertig macht, wie er ständig bedroht wird. Aber es gibt Hoffnung für September in Zypern. Irgendwie muss das gehen.

Ich bin am Abend so k.o. von diesen Mails, dass ich Magenschmerzen bekomme, ich muss fast den Notarzt holen. Ich breche zusammen, wieso ihn, wieso ich? Ich bin wieder so weit wie vor Weihnachten, ich kann nicht mehr. Die verbotene Liebe ist das eine, diese krassen Menschenrechtsverletzungen das andere. Wenn man die Nachrichten verfolgt, sieht man einen lächelnden Rohani auf Titelbildern, klar, der muss seine Sanktionen los werden, die Wirtschaft liegt nach wie vor am Boden. Die europäischen und amerikanischen Politiker interessieren sich nicht für Menschenrechte, da geht es ums Geschäft. Deutsche Firmen scharren am Boden, um wieder Fuß in den Iran zu bekommen. Dort liegt ja auch Geld und es ist ein interessanter Absatzmarkt. Was aber dort in Wirklichkeit abgeht, weiß kein Mensch oder will keiner wissen. Reza hat mir Fotos geschickt. Er hatte deutsche Backpacker aus Bayern kennengelernt, ihnen Shiraz gezeigt und sie zum Essen eingeladen. Hast du deine Geschichte erzählt, frage ich? Natürlich nicht, die sollen einen guten Eindruck von meinem Land bekommen, außerdem war ja immer noch jemand anders dabei. Genau so ist es, als Tourist, auch als Geschäftsmann, bekommt man nichts davon mit, nicht mal seine Verwandtschaft weiß Bescheid, bis auf einen, der auch beim Geheimdienst ist und an seiner Zerstörung mitarbeitet.

Ich habe mir den Film „Die Wüstentänzer“ angesehen, ein Film über einen iranischen Tänzer, der in Paris lebt. Die Geschichte schildert sein Drama im Iran und seine Flucht. Jede einzelne Szene kam mir bekannt vor. Ein Land, in dem Tanzen, Gesang und Musik verboten ist, ist einfach unglaublich. Auch in dem Film ein Tänzer, dessen Bruder beim Geheimdienst war, er hatte ihn verraten und verkauft. So viel zu: „Familie ist immer wichtig und zählt alles“. Ja klar, nur solange man sich anpasst.

Er schickt mir Fotos von sich und den deutschen Touristen, ich bin echt erschrocken, mein Reza jetzt und vor einem Jahr. Der Wahnsinn. Er ist in dieser Zeit um zehn Jahre gealtert. Ja, er ist es, mein Reza, dünn, aber er ist es, mit einem gefrorenen Lächeln in die Kamera.

Über die nächsten Tage tauschen wir uns weiter aus. Erzählen uns viel und schmieden neue Pläne. Wir vermissen uns, aber es gibt wieder ein wenig Hoffnung auf ein normales Leben, irgendwie.

Diese Tage sind für ihn etwas ruhiger, er arbeitet viel, aber doch ist alles scheinbar etwas entspannter geworden.

Ich bin nach wie vor dabei alle Möglichkeiten einer Flucht oder eines möglichen Asyls zu checken. Informiere ihn darüber und irgendwie beruhigt das, zumindest für die paar Tage.

Wir diskutieren wieder viel, verabschieden uns, es ist Anfang Juli. Am nächsten Tag beschleicht mich ein komisches Gefühl. Ich höre nichts. Wieder ein Tag, ich frage nach, ob alles okay ist. Nichts. Nichts. Nichts. Nichts. Es ist etwas nicht okay.

In der Zwischenzeit gewinnt Deutschland die Fußball-Weltmeisterschaft, ich habe eine Wette mit Amir laufen, die ich schon verloren hatte, weil er damals auf Deutschland gesetzt und ich für Brasilien getippt hatte.

Nach Abpfiff bekomme ich eine Mail, zuerst eine fette Entschuldigung für sein Ausflippen, und dann, wir werden dieses Essen, das ich verloren habe, irgendwann nachholen. Ich frage nach Reza, eine kurze Antwort kommt, er geht nicht nach Zypern. Dann warten, wie immer. Nichts. Nichts. Nichts.

Der 3.8., eine kurze Mail, Anna, ich gehe durch die Hölle, die letzen drei Wochen waren ein Alptraum, unsere Chats wurden gelesen. Ich werde komplett überwacht, wir müssen aufhören. Keiner kann mir helfen, meine dumme Familie auch nicht. Ich bin auf mich alleine gestellt.

Sie werden mich niemals in Ruhe lassen. Ich wusste es, ich hatte es einfach im Gefühl. Am nächsten Tag wird sein Account wieder einmal vom Geheimdienst übernommen. Sie haben seinen richtigen Namen reingestellt und extrem merkwürdiges Zeug dazu. Das Ende? Wieder einmal. Endgültig? Ich weiß es nicht.

Es ist so anstrengend und nervenaufreibend. Ich halte diese Bedrohung nicht mehr aus, für ihn vor allem. Jetzt bleibt nur noch Flucht. Ich weiß inzwischen, wie das aussieht, und ob er sich je dazu entschließen wird ist ungewiss. Gefährlich. Ich muss mich emotional abgrenzen, ich gehe sonst ein. Er muss es zumindest irgendwie aus dem Land raus schaffen. Ich fürchte, das letzte Kapitel wird er nicht schreiben können.

Ich gebe ab, an das Universum, an eine höhere Stelle, ich bin machtlos. Vielleicht kommt er raus, ob er es überlebt ist unsicher. Ich war mir immer sicher, alles wird gut. Jetzt weiß ich es nicht mehr. Er kann dabei sterben. Sein Onkel wurde ermordet, das kann ihm auch passieren. Treiben sie ihn in den Tod? Ich weiß es nicht. Ich möchte auch Amir nicht kontaktieren, es ist alles zu gefährlich.

Anfang August werden im Land mehrere Personen wieder öffentlich hingerichtet. Unter anderem ein Sohn mit Mutter, ein junger Mann wegen einer sexuellen Beziehung außerhalb der Ehe und unislamischen Verhaltens. Ein weiterer wurde mit 100 Peitschenhieben öffentlich gedemütigt, und das alles unter dem doch so „liberalen“ Präsidenten.

Ich fahre in den Urlaub und versuche zu vergessen. Im Sommer bin ich in Polen unterwegs, ganz alleine, aber es ist trotzdem schön. Als ich Auschwitz besuche, vergeht mir der Hunger für 2 Tage. Dass es immer noch so viele Diktaturen auf dieser Welt gibt, ist eigentlich unfassbar.

Vergessen, das gelingt dann doch nicht. Ich bekomme eine Mail von Amir, er wollte sich mal melden, da er gerade dabei ist, sich für diverse Unis für das nächste Jahr in Deutschland zu bewerben. Und ich glaube, Reza wird nun nächstes Jahr ab Ende September doch in Zypern sein.

Ich habe nicht oft Internet deswegen antworte ich nur spärlich. Auf eine weitere Nachfrage nach Reza bekomme ich die Antwort, vermutlich kann er nicht gehen, klar, sie lassen ihn nicht. Hin und her und hin und her. Das macht einen ganz gaga. Ich habe aufgegeben. Sie werden ihn nicht gehen lassen. Die Hoffnung, das letzte Kapitel mit ihm zusammen zu schreiben wird sich nicht erfüllen. Vielleicht schafft er es irgendwann zu fliehen oder raus zu kommen, aber ich sehe das nicht so im Moment.

Natürlich verfolge ich täglich Nachrichten aus dem Iran. Hardliner gegen Reformer, es setzen sich in der Regel die Hardliner durch. Die Hoffnungen der Jugend, die letztes Jahr noch hoch waren, sind inzwischen begraben. Man sieht in den Mittleren Osten, es kann einem kalt den Rücken herunter laufen. Ich war im August in Auschwitz, die Geschichte wird gerade wiederholt, wenn man in den

Irak schaut oder nach Syrien. Wer profitiert, wer liefert Waffen, wer unterstützt wen? Wird sich dort jemals etwas zum Frieden für die Menschen ändern? Vermutlich, aber es braucht Zeit. Die richtige Zeit dafür scheint gerade nicht zu sein.

Meine Gedanken werden bei Reza und Amir bleiben. Ob es je für die beiden ein gutes Ende gibt, vielleicht erlebe ich es irgendwann, ich weiß es nicht. Stand der Dinge ist, dass der Geheimdienst gesiegt hat. Es gibt keinerlei Chance die Beziehung in irgendeiner Form fortzusetzen, ohne jemanden zu gefährden. Ich gebe auf.

# Januar 2015

Ich hatte mich im Herbst einigermaßen erholt, da ich mich emotional abgegrenzt hatte. Im Oktober besuchte ich meinen lieben Freund Serkan in der Türkei und es war eine wunderschöne Reise. Ich war das erste Mal in meinem Leben Gleitschirmfliegen, ein tolles Gefühl der Freiheit. Serkan hat zu diesem Zeitpunkt nichts mehr von Heirat erwähnt. Vielleicht haben die Eltern aufgegeben. Seit dieser Reise haben wir uns leider nicht mehr gesehen. Aber wir hören immer wieder mal von einanander. Seine Traumfrau hat er bis heute nicht gefunden.

Für Weihnachten stand ein vier-wöchiger Trip nach Guatemala und Belize an. Ich wollte einfach eine andere Richtung einschlagen, abschalten und alles vergessen. Mit Amir hatte ich sporadisch Kontakt, da er eine Zulassung für die Uni Aachen im Herbst bekam. Aber ansonsten versuchte ich in München mein Leben zu leben. Dies gelang mir auch weitgehend, auch bei Amnesty International war ich wieder dabei, wenn auch von Zeit zu Zeit und für aktive Mitarbeit habe ich keinen Nerv.

Meine Reise war ein sensationell schönes Erlebnis und ich konnte wirklich hervorragend in eine andere Welt abtauchen. Silvester war ich in Tikal, der historischen Maya Stadt, das hatte etwas Mystisches an sich und war ein toller Ausflug. Auch nette Leute lernte ich kennen und wir feierten kräftig. In Belize, an einem Strand, wohnte ich zwei Tage in einem kleinen Hostel einer Amerikanerin, eine völlig abgedrehte Frau, die mit einem 20 Jahre jüngeren Rastamann verheiratet war. Dort waren übehaupt nur verrückte Leute. Dagegen scheint mein Leben völlig langweilig, obwohl ich schon ein wenig ein Paradiesvogel bin.

Zwei Tage vor Abflug bekomme ich eine Message: Anna bist du online? Bist du es? Ich dachte, ich lese nicht richtig: Reza!

Ich suche ein Cafe mit schnellem Intertnetzugriff und wir chatten fast zwei Stunden, ich sitze gerade in Antigua. Sein Pass wurde ihm abgenommen, er wird gezwungen Koran zu unterrichten, er soll zur Heirat gezwungen werden und alles wird rund um die Uhr überwacht. Er wurde unter Druck gesetzt verschiede Dokumente zu unterzeichnen, die sich gegen ihn richten und und und……….. Er hält es nicht mehr aus.

Kurz und gut, ein Leben ist unmöglich und es besteht inzwischen nur noch die Wahl zwischen Selbstmord oder Flucht. Ich sage, bitte gebe nicht auf! Warte bis ich zu Hause bin, ich werde mich informieren, was ich oder wir für dich tun können.

Als ich wieder zu Hause bin, haben wir für ein paar weitere Tage Kontakt. Ich erfahre einige Details mehr und erkundige mich nach diversen Möglichkeiten, auch was die Flucht betrifft. Ich kann ihm weiterhelfen, sobald er über der Grenze ist, aber dort muss er erst mal sein.

Die Schulden, die damals Fatima in seinem Namen aufgenommen hat, sind inzwischen abbezahlt. Geld ist keins mehr übrig, da er seine Schule nicht verkaufen konnte, sondern abgeben musste. Er war der Meinung, dass er die Mullahs überzeugt, indem er so tut als ob. Er hat die Hoffnung, seinen Pass wieder zu bekommen und möchte sich auf seine Flucht vorbereiten. Ich warne ihn, bitte, lösche das Konto und wir sprechen auf einem anderen, sobald du mehr weißt. Ich werde mich nach den diversen Möglichkeiten erkundigen.

Wir verabschieden uns, und ich weiß nicht, wie erleichtert ich wieder bin. Zum Einen etwas gehört zu haben, er lebt, er versucht raus zu kommen, aber eben diese Lebensgefahr, der er ständig ausgesetzt ist. Ich bin froh, dass ich diese Reise unternommen habe, ich bin voll im Arbeitsstress und kann mich daher nicht nur auf diese Sache fixieren. Wir haben uns verabschiedet und ich warte auf Neuigkeiten vom anderen Ende, wie immer ungeduldig, aber immerhin.

# Februar 2015

Mitte Februar kommt eine Nachricht, er hätte seinen Pass zurückgekauft. 10.000 € musste er dafür bezahlen. Aber er muss so schnell wie möglich raus. Nicht zu fassen, aber er kommt. Bis es allerdings so weit ist, vergehen dann noch zehn Tage.

Wir chatten über Facebook. Er muss raus und zwar schnell. Dann gibt es wohl noch Einiges zu erledigen, ich bin nur noch aufgeregt. Das Wochenende kommt, nichts passiert. Die nächsten Tage sind spannungsgeladen. Einmal ist er etwas erkältet, dann ist der Istanbuler Flughafen gesperrt wegen Schnee. Dann noch ein Termin bei irgendeinem Mullah, ich höre wieder nichts, dann Montag, alles erledigt. Kannst du heute noch fliegen? Zu spät, ohne Ticket zum Flughafen, das Risiko nicht mitzukommen ist zu groß. Dienstag, ich höre nichts, bin nur noch nervös, fliegt er heute Nacht? Es gibt da ein Risiko. Es gab ein Ausreiseverbot, das wurde aufgehoben, aber wer weiß, was denen am Flughafen einfällt.

Die Frage, was er mitnehmen soll, überfordert mich. Es ist kalt in der Türkei, warme Kleidung, klar. Was nimmt man mit, wenn es ein one-way ticket with no return ist? Keine Ahnung. Ich telefoniere mit einem Flüchtlingsexperten von Amnesty International, so wenig wie möglich, sagt er. Ich überlasse es ihm, habe echt keine Ahnung. Nichts Persönliches, das fällt auf.

Dienstag, der 24. 2., eine Nachricht, er hat das Ticket, heute Nacht geht es los!! Ich kann kaum schlafen, so aufgeregt bin ich. In der Nacht die Message: ich habe meine Boardkarte. Das war‘s. Am Mittwoch, den 24.2.2015 wird er legal in die Türkei einreisen, was weiter passiert, wissen wir zu diesem Zeitpunkt nicht. ABER: Er hat es geschafft, nach fast zwei Jahren Psychoterror und Demontage, alles verloren und am Ende der Kräfte, hat er seine Heimatland verlassen. Ziel Deutschland, wann und wie wissen wir nicht, aber der erste, schwierigste und der größte Schritt in diese Richtung ist gemacht. Es ist nicht zu fassen, aber es ist gelungen, ich werde bald mehr hören.

Mittwoch: Am Vormittag bin ich in der Arbeit. Er ist in Istanbul, wo ich versucht hatte eine Unterkunft zu organisieren, aber das hat nicht geklappt. Er sitzt am Taksim Platz und ist müde. Als ich heimkomme chatten wir. Er hat ein billiges Hotel gefunden, muss jetzt ausschlafen und meldet sich wieder. Wir tauschen Skypeadressen aus, Telefonnummern, usw.

Am nächsten Tag: wir telefonieren, seine Stimme, der Wahnsinn, er ist es wirklich! Am Nachmittag skypen wir wieder. Er sitzt bei einem Bier am Taksim, wir sehen uns das erste Mal nach 18 Monaten Hölle. Er sieht älter aus, kaputt auch, aber froh, jetzt erst einmal seine Ruhe zu haben. Er genießt das Bier und die Großstadtanonymität.

Wir sprechen lange. Wie geht es weiter? Ich sage, ruh dich erst ein paar Tage aus, dann besprechen wir alles. Ich komme nach Istanbul. Buche einen Flug für eine Woche später. Kann es kaum erwarten. Es ist auf den Tag zwei Jahre her, dass er mich in Edirne an der Grenze abgeholt hat, als wir mit dem Auto nach Tiflis gefahren sind. Wie wird es werden? Was hat er vor? Welche Gedanken? Nach dieser langen Zeit, wie gehen wir miteinander um? Ein wenig Angst habe ich natürlich. Aber die Freude überwiegt. Wie verrückt ist das alles? Am Wochenende haben wir viel Zeit. Wir skypen stundenlang.

Nach dem Ausschlafen stellt sich die Frage: Wie geht es weiter? Ziel Deutschland, klar. Aber wie kommt man da hin? Ich setze mich mit Leuten hier in Verbindung. Flüchtlinge, wie schaffen sie es hierher zu kommen? Es gibt zwei Möglichkeiten: Entweder mit dem Schiff bzw. Schlauchboot, gerade ganz blöd, weil noch zu kalt und auch gefährlich. Die Horrormeldungen von sinkenden Mittelmeerschiffen voll mit Flüchtlingen und Todesmeldungen überschlagen sich zu diesem Zeitpunkt. Was kostet das Ganze und wie geht es weiter, wenn man in Griechenland ist? Über Italien, dann über die Alpen, klingt einfach, ist es aber nicht. Die Gefahr erwischt zu werden ist groß. Oder man begibt sich die Hände von Schleppern ohne Gewissen, trauen kann man diesen Leuten nicht. Nicht so wirklich eine gute Idee. Ein paar Monate später kommen tausende von Flüchtlingen über die Balkanroute nach Deutschland und Schweden, das war im März noch nicht absehbar.

Andere Möglichkeit per Flug. Mit falschen Papieren. Das kostet. Was, wenn man erwischt wird?

Er knüpft Kontakte. Ich rate ihm, nichts zu unternehmen, bevor ich da bin. Aber wir wollen wissen, wie das alles funktioniert, um eine Entscheidung treffen zu können. Wie auch immer, alles ist illegal, gefährlich und endet, wenn alles gut geh, in Deutschland erst einmal im Asylantenheim.

Er liest viele Erfahrungsberichte im Internet, wie sieht die Realität tatsächlich aus, und wie geht es weiter mit Asylverfahren, wie stehen die Chancen usw. Durch meine Amnesty Kontakte hätte er gute Karten, das würde schon klappen, aber ein Zuckerschlecken ist es nicht. Alles was passiert ist, ist zum Glück mehr oder weniger lückenlos dokumentiert. Alle notwendigen Papiere und Unterlagen liegen vor. Erst muss man es nach Deutschland schaffen. Lästige Nebengeschichte das Geld.

Ich bin zu dem Zeitpunkt etwas unkonzentriert in der Arbeit, mein Kopf ist ganz wo anders.

# März 2015

Kurz bevor ich fliege, bekommt er nasse Füße. „Diese illegalen Geschichten liegen mir nicht, das will ich nicht, das bin ich nicht, außerdem ist es zu mir zu gefährlich." Ich verstehe. Ihn hinterher in einem Gefängnis eines anderen Landes zu besuchen, ist auch nicht Sinn der Sache.

Zwei weitere Möglichkeiten: entweder er geht nach Ankara und meldet sich bei der UN. Flüchtlinge kommen dort auf eine Warteliste und werden irgendwann in ein anderes Land geschickt. Welches Land kann man nicht wirklich beeinflussen und es gibt eine lange Wartezeit. Hm, eine Möglichkeit, legal, sicher. Man könnte sich in der Zwischenzeit Arbeit suchen.

Andere Möglichkeit? Da war doch was. Die Zulassung der Universität in Zypern lag vor. Die Idee war, dem dortigen Professor ein Mail zu schicken, die Sachlage zu erklären, vielleicht kann er sogar dort hin. Ein Versuch ist es wert. Einen Tag bevor ich komme, schreibt er ihm.

Der 6. März, mein Flug geht am Abend. Am Vormittag muss ich arbeiten. Als ich zu Hause bin skypen wir kurz. Die Wahnsinnsnachricht: Zypern hat akzeptiert!!! Er kann sofort anfangen!! Unglaublich! Was für eine Möglichkeit. Er kann an die Uni, seine akademische Laufbahn fortsetzen und von dort über Deutschland weitermachen, ganz legal und sogar auf einem Karriereweg! Welch ein Glück und was für ein super Gefühl! Somit werde ich am Montag nach Hause fliegen und er nach Zypern und sein neues Leben kann beginnen. Eine Sensation!

Ich mache mich auf den Weg zum Flughafen und bin total nervös. Er holt mich ab, wie wird es? Liebt er mich noch? Wir haben die letzten Tage stundenlang geskypt, alle Lücken des fehlenden Puzzles sind gefüllt. Wir können es beide kaum erwarten uns wieder zu sehen. Ich komme mir ein wenig vor wie im Film. Ich fahre mit kribbeligem Bauch zum Flughafen. Der Flug verläuft ruhig. Was bin ich aufgeregt. Ich komme pünktlich an. Da ich nur Handgepäck habe, laufe ich fast aus dem Flughafen, und da steht er! Wir fallen uns in die Arme, der Wahnsinn. Das Wiedersehen nach 18 Monaten Hölle und man hat das Gefühl wie im Holywood-Film: alles ist gut.

Wir fahren mit dem Bus zum Taksim. Er hat ein super tolles Hotel genommen, überdimensional für seine Verhältnisse, aber egal.

Als wir ankommen, fallen wir fast übereinander her. Ja, sie ist noch da, die Liebe, diese Verbindung. Kein Geheimdienst, kein Mullah, niemand konnte sie kaputt machen. Ein Wunder? Vielleicht. Wir sind beide überglücklich. Eine Hürde, die größte, sie ist genommen. Es wird weitergehen, positiv, davon sind wir überzeugt.

Wir genießen die nächsten Tage. Am Samstag kaufen wir sein Flugticket. Natürlich ist er total nervös. Wie geht es weiter? Was erwartet mich, er stellt sich diese Fragen. Die Ungewissheit ist schwer. Es wird weitere Hürden geben, welche sehen wir noch nicht, aber wissen beide, dass sie kommen werden.

Reza möchte mit mir den Rest seines Lebens verbringen, sofern man so was planen kann, aber irgendwie gehören wir zusammen, trotz aller Umstände oder vielleicht sogar wegen aller Umstände.

Diese Tage in Istanbul sind ein Traum. Wir gehen beide gestärkt nach Hause, bzw. er in seine unbekannte Zukunft. Alles wird gut. Klar ist, dass wir uns in ein paar Wochen wieder in Istanbul treffen, dann komme ich nach Zypern, wir können skypen, chatten, alle Entbehrungen der letzten Monate sind weg. Das macht alles viel leichter.

Für den Rest des Monats sind wir täglich oft stundenlang am Skypen. Reza hat viel zu tun, da es diverse Formalitäten zu erledigen gibt, vom Visum angefangen und dem dazugehörigen Bürokratismus. Er bekommt gleich am ersten Tag sein Zimmer, dann kann er sofort zu den Vorlesungen gehen und er ist auch von Anfang an mit Lernen für die Uni beschäftigt. Das Gute, das lenkt ab, Zypern ist sehr ruhig, der Rahmen überschaubar, nach all der Hektik und dem Stress seiner letzten Monate ein perfekter Neubeginn.

Wir planen die weiteren Treffen, 1. Mai in Istanbul, Juli Zypern, passt soweit. Außerdem findet im Oktober eine Konferenz in Antalya statt, ich werde also im September wieder nach Zypern fliegen und danach gemeinsam zur Konferenz. Wir planen Zukunftsmöglichkeiten, für den Moment ist wirklich alles super.

# April 2015

Ich fliege am 1. nach Serbien, eine Reise, die ich schon vor längerer Zeit geplant habe. Wir bleiben auch dort online in Verbindung. Als ich mich melde, merke ich sofort, dass etwas nicht stimmt.

Es gab da wohl einiges abzuklären und er hatte mit einer alten Geschichte noch Probleme. Auch haben die Leute im Iran inzwischen gemerkt, dass er abgehauen ist und nicht wieder kommt. Von seinem Aufenthalt wissen nicht viele Menschen, aber ich denke, der eine oder andere weiß es doch. Jedenfalls wirkt er nervös und blass. Ich mache mir natürlich Sorgen, er möchte das Ganze beenden, alles was mit den Mullahs zu tun hat und seinem alten Leben vergessen. Ein Neubeginn sollte es sein. Hatte er schon in Istanbul gesagt, dass er mit dem Iran und allem was damit zusammenhängt komplett brechen möchte, aber das scheint noch nicht passiert zu sein.

Als ich wieder zu Hause bin, skypen wir weiterhin oft stundenlang. Ich merke, jetzt, wo alle Papier-Angelegenheiten erledigt sind, er sich mal wieder extrem in Arbeit stürzt, dass er doch nicht so super drauf ist, wie es den Anschein hat. Sorgen um die Zukunft, da gibt es das leidige Thema Geld verdienen, wie geht es weiter, schaffe ich alles, Fragen, die er sich täglich stellt.

Eigentlich ist die Richtung klar, nur gelingt es? Welche Schwierigkeiten gibt es? Er hat keine sozialen Kontakte, traut keinem, logisch. Zieht sich völlig zurück. Aber wir sehen uns bald und ich denke mir, dass sich alles lösen wird.

# Mai 2015

Der 1. Mai. Wir treffen uns wieder in Istanbul. Wir haben ein Hotel am Taksim Square. Reza kommt schon früh an, checkt ein, und wartet auf mich. Ich lande am späten Nachmittag, aufgrund der Streiks und Unruhen fährt der Bus auf einer anderen Route und ich komme ganz woanders an, aber Reza holt mich von dort ab. Er konnte gar nicht erst zum Flughafen, weil alles abgesperrt ist. Wir fallen uns in die Arme, alles gut, erstmal.

Ich merke aber, wie er sich innerlich zurückzieht, kann nicht verstehen was los ist. Er wird immer unruhiger, hat zum Teil Panik, dass ihn jemand in Istanbul kennt und prompt, vor meiner Ankunft haben ihn zwei ehemalige Studentinnen aus Shiraz erkannt.

Er spricht mit niemandem, geht jedem Gespräch mit anderen aus dem Weg und erzählt viel über den Iran. Er ist anders seit Kurzem, ich kann es nicht einordnen. Eigentlich klingt alles gut. Studienplatz in Zypern, eine sonnige entspannte Insel. Weg vom Stress, Ruhe für die weiteren Vorbereitungen für die Zukunft.

Was man vermutlich nur schwer verstehen kann, wie fühlt sich ein Mensch, der psychisch, finanziell und beruflich völlig zerstört wurde? Alles verloren hat mit unsicheren Zukunftsperspektiven. Wenn man nicht selbst betroffen ist, ist das alles vermutlich nur sehr schwer zu verstehen. Trotzdem haben wir ein paar schöne Tage, trennen uns am Montag Morgen und jeder fliegt in seinen Alltag zurück.

Als ich zu Hause bin, erzähle ich das einer Freundin und sie empfiehlt mir, mich im Internet über Posttraumatische Belastungsstörung einzulesen.

Ein paar Tage später kommt ein Mail, er kann nicht mehr, er schmeißt alles hin, geht zurück und meldet sich nicht mehr. Erstmal Funkstille. Ich bekomme totale Panik. Die Wahrscheinlichkeit im Iran sofort verhaftet zu werden ist zum Einen sehr groß, zum Anderen rennt er vor sich selbst davon.

Ich drehe fast durch. Lese mich in PTBS ein und es fällt mir wie Schuppen von den Augen. Alles, was in den Seiten aufgelistet ist, hat er. Von Flashbacks hat er erzählt, Rückzug von jeglichem Sozialleben, traut keinem mehr, die ganze Palette stimmt.

Nur, wie gehe ich damit um? Ich breche fast zusammen, da das eine Erfahrung ist, die ich bislang noch nicht gemacht habe und ich nicht die geringste Ahnung habe, wie ich damit umgehen soll. Zum Glück habe ich einen großen Freundeskreis, der sich genau mit diesem Thema auskennt. Ich bekomme alle möglichen Ratschläge, am besten hilft mir meine Cousine weiter, die große Erfahrung dazu hat. Kurz gesagt, ich braue Geduld, Geduld, Geduld! Darf vieles nicht persönlich nehmen. Er hat weder große Gefühle, noch ist er in der Lage eine vernünftige Beziehung zu führen. Ich lese mich also in dieses Thema ein und versuche zu verstehen und muss wohl oder übel lernen, damit umzugehen.

Ein paar Wochen später meldet er sich wieder. Es geht ihm wieder besser. Er freut sich auf unseren Urlaub, im Juli komme ich ja.

In den nächsten Wochen skypen wir wieder, sprechen viel und es geht auf und ab. Mal geht es ihm gut, dann wieder total kritische Phasen. Ich versuche zu verstehen, keinen Druck zu machen. Obwohl man das natürlich unbewusst macht.

Er sieht auch selbst ganz klar, was er hat. Ich habe ihm verschiedene Links zum Thema geschickt, er hat es sofort eingesehen, auch eine Psychologin vor Ort aufgesucht, nur leider sind sie in Zypern nicht gerade Traumaspezialisten und er hat sehr bald wieder aufgegeben.

Er fühlt sich total beobachtet. Das Semester geht im Juni zu Ende, die meisten Studenten reisen ab, nur er bleibt und ein paar wenige andere. Die Einsamkeit und die Gedanken werden größer. Was kann ich tun? Ich habe in diesem Jahr für den Sommer zwei Latainamerikaner bei mir wohnen. Zuerst kommt für zwei Monate ein Brasilianer aus einer sehr reichen Arztfamilie mit Personal zu Hause. Das lässt mich immer wieder schmunzeln, da er jeden Tag nur eine Tiefkühllasagne in den Ofen steckt, sich in sein Zimmer verkriecht und täglich mit der Freundin oder der Familie in Brasilien skypt. Nach ihm kommt ein Mexikaner, der steht etwas mehr mit beiden

Beinen auf dem Boden. Ich kann das Geld für die Vermietung gut brauchen, die ständige Hin- und Herfliegerei merke ich finanziell. Als ich wieder alleine in der Wohnung bin, bin ich trotzdem froh. Merke, dass ich lieber mit einem Menschen zusammenleben würde, mit dem ich auch eine Verbindung habe.

# Sommer 2015

Meine Reise nach Zypern rückt näher, und ich merke, wie er sich zurückzieht und fast schon Panik bekommt.

Wir müssen unser Verhältnis ändern, er kann so nicht mehr, eventuell geht er doch zurück. Ich versuche zu verstehen und Geduld zu haben. Ein großes Problem ist Geld. Die Abhängigkeit von mir macht ihm zu schaffen. Ein Lichtblick, er kann ein paar Stunden Englisch-Unterricht geben, nicht der mega Hit, aber besser als nichts.

Am 15. Juli fliege ich also nach Nicosia und er ist am Flughafen. Ich weiß, es werden schwierige Gespräche kommen, aber ich werde versuchen die Ruhe zu bewahren. Ich bekam vorher noch gute Ratschläge von meiner Cousine und ein paar anderen Fachleuten. Trotzdem habe ich Angst und ich mache mir große Sorgen über seinen psychischen Zustand.

# Juli 2015 Zypern

Ich werde am Flughafen abgeholt, natürlich, merke aber sofort, dass die Stimmung nicht gerade bombastisch ist. Ich bin müde vom Flug, wir müssen das Mietauto holen, das Hotel finden und bis wir endlich ankommen, bin ich fix und fertig.

Er hat Redebedarf, ein Streit bricht aus, es hat keinen Sinn um die Uhrzeit, jeder ist zu müde, etwas zu diskutieren. Ich weigere mich, auch nur einen Pieps weiter von mir zu geben, bis wir nicht beide ausgeschlafen haben. Und natürlich sieht die Welt am nächsten Tag völlig anders aus. Wir haben einen Blick zum Meer, tolles Zimmer, super Frühstück und beschließen erst einmal zum Strand zu fahren.

In dieser Woche passiert viel. Wir machen außer Baden und Sightsseeing zwar nichts Großes, aber ich bemerke, wie er von Tag zu Tag ruhiger wird. Es kommt eben doch ein Urlaubsfeeling auf, was eine gute Atmosphäre schafft. Dann kommen die Gespräche über die Zukunft und seine Ängste, dass er gerade nicht für eine Beziehung fähig ist, mich aber nicht verlieren will und wie es weiter gehen soll.

Am Strand bei gutem Essen in entspannter Stimmung sind es gute Gespräche. Und wir kommen zu guten Ergebnissen. Zum Einen werde ich ihn weiterhin finanziell unterstützen bzw. Geld zu leihen, damit er tatsächlich eine Zukunft hat. Sein Plan ist, nach Famagusta zu ziehen, die Uni und das Fach zu wechseln, da er es am Campus nicht mehr aushält. Sich um die Zukunft, Deutschland, Visum usw. zu kümmern. Und mit uns das erst mal als Freundschaft ohne Verpflichtungen laufen zu lassen, es ist mehr als Freundschaft, aber keine enge Beziehung. Damit kann ich leben, und weiß, dass es irgendwann wieder anders aussehen wird. Er möchte auch ein bisschen Zeit für sich, sich zurückziehen, erst mal keinen Kontakt, um in sich gehen zu können, zur Ruhe zu finden und weitere Entscheidungen zu treffen, bis ich im September wieder komme.

Klingt vernünftig. Ich denke, ich kann damit leben. Die Traumatisierung ist ein Graus, er ist wirklich in einem schrecklichen Zustand, kann kaum schlafen, Ängste, fast schon Panik, und er versucht, Wege zu finden, aus diesem Zustand herauszukommen, für sich alleine.

Jedenfalls war es richtig, dass ich nach Zypern geflogen bin und wir sind ein paar Schritte weiter Richtung Zukunft gekommen.

## Sommer 2015

Ich bin im Sommer in Rumänien, einen Flug dafür habe ich schon vor längerer Zeit gebucht. Nach meiner Rückkehr höre ich die ersten drei Wochen noch von ihm, dann nur sehr wenig, trotzdem lasse ich den Kontakt nicht abbrechen. Ich bekomme die Mail, dass er nicht viel schreiben wird, aber meine Mails und Fotos liest und sieht. Und er möchte das auch weiterhin bekommen. Er würde sich zu gegebener Zeit bei mir melden.

In Rumänien besichtige ich hauptsächlich Transsilvanien, treffe nette Leute und, wie immer, gibt es einige Anekdoten, die mich zum Lachen bringen. Ich schrotte fast mein Mietauto und beschließe, das mit diesen Mietautos in Zukunft sein zu lassen.

Ich weiß nicht warum, aber ich hatte immer ein positives Gefühl, im September ist mein Flug nach Zypern, anschließend werden wir noch vier Tage in Antalya sein. Ich versuche mich abzulenken, indem ich mal wieder arbeite wie ein Pferd und viel unternehme.

Dann kommt tatsächlich auch wieder eine längere Mail: er hätte seinen inneren Frieden jetzt gefunden, freut sich auf mein Kommen, er möchte eine schöne Zeit mit mir verbringen, und er hat einen fixen Plan für die Zukunft gefunden. Für das Frühjahrssemester möchte er sich für Göttingen bewerben, da dort genau das angeboten wird, was er schon immer machen wollte, und er möchte, dass ich ihm bei der Bewerbung helfe.

Er wird nach der Rückkehr von Antalya nach Famagusta ziehen, hatte aber am alten Ort die Möglichkeit einen Englischkurs zu geben und ganz gut damit verdient. Natürlich wird er mich am Flughafen abholen, sein Wohlbefinden wäre jetzt besser und er fühle sich insgesamt ganz gut. Klingt fantastisch, aber wie es halt so ist, manchmal klingen die Dinge doch besser als sie sind, weil sich ein Trauma nicht so einfach wegzaubern lässt.

# Herbst 2015

September, ein weiterer Flug nach Zypern. Ich habe ein wenig Angst, aber auch Freude, weiß nicht, was mich erwartet, bin aber positiver Dinge. Ich werde am Flughafen abgeholt, wir fallen uns um den Hals, alles ist gut. In der Altstadt von Famagusta haben wir ein Apparte-ment gemietet und genießen erst mal den Strand und diese Seite der Insel. Eine Woche ist eingeplant, dann vier Tage Antalya. Wir sind eigentlich hauptsächlich am Entspannen, Baden und ein Mal muss er nach Güzelyurt, um dort noch ein paar Dinge abzuholen. Fast zu gut, um wahr zu sein.

Doch nach ein paar Tagen merke ich, dass er sich zurückzieht, mehr am Handy spielt als mit mir spricht, bis es zur Eskalation kommt. Ich sage, wenn dir dein blödes Handy mehr wert ist als ich, dann geh. Ich flippe echt aus. Ein Benehmen, schlimmer als 15-jährige Jugendliche. Wir streiten, am nächsten Tag sprechen wir wieder miteinander.

Traumtisierte oder depressive Personen sind sehr suchtgefährdet. Reza trinkt zwar zwischendurch ein Bier, raucht aber nicht oder hat nichts mit Drogen zu tun. Allerdings ist er für meiner Meinung nach internetsüchtig. Das ist mal besser, mal grauenhaft, und er merkt es nicht einmal. Wenn ich was sage, reagiert er zorning. Viele Leute sind davon betroffen, dies zu ändern ist ein schwieriger Prozess und wie gesagt, es ist durchaus unterschiedlich und von der Tagesform abhängig, genauso wie bei einer Alkoholsucht.

Doch dann kracht es ganz extrem. Er fühlt sich von mir bedrängt, möchte seine Entscheidungen selbst treffen, und hat natürlich Probleme mit seiner finanziellen Abhängigkeit von mir. Es kracht so kräftig, dass es fast das Ende gewesen wäre. Sein Zustand kommt wieder zum Vorschein, die Aussichtslosigkeit, der Verlust, ohne dass ich letztlich etwas dafür kann.

Nach wirklich vielen Tränen und grauenhaften Auseinandersetzungen kommt die Versöhnung. Natürlich kann einer ohne den anderen nicht sein und irgendwie kommt alles wieder ins Lot, wenn auch zwischendurch ein paar Durchhänger sind.

Wir fliegen am nächsten Tag nach Antalya, mein Geburtstag steht an, wir haben ein super schönes Hotel in der Altstadt. Am 1.10. schickt er seine Bewerbung für die Universität Göttingen ab. Jetzt heißt es warten, aber ich habe, wie immer ein positives Gefühl. Ursprünglich war angedacht, dass er dort auf eine Konferenz geht, aber dann hat er sich doch anders entschieden, aber da der Flug schon gebucht ist und auch mein Geburtstag ist, lassen wir es bei der Reise.

Wir verbringen ein paar nette Tage in Antalya und Umgebung. Aber die Traumatisierung merkt man an jedem Eck. Er möchte keine Leute sprechen, hat Angstgefühle und ich hoffe auf baldige Besserung, sobald sich irgendwie ein Erfolg in irgendeiner Weise einstellt.

An meinem Geburtstag gehen wir Essen, die Laune ist nicht überenthusiastisch, aber trotzdem ganz nett. Am nächsten Tag fliegen wir beide wieder in verschiedene Richtungen zurück. Diesmal mit einem wesentlich besseren Gefühl als letztes Mal und ich merke, dass er, zwar mit Durchhängern, aber immerhin, auf einem besseren Weg ist.

Ich weiß auch, dass die Warterei eine harte Probe werden wird und es wird viele Aufs und Abs geben, aber ich bin guter Dinge. Als ich wieder zu Hause bin verläuft mein Leben relativ ruhig dahin und wir sprechen sehr oft.

# Das Warten

Am 1.12. war es dann endlich so weit!! Die Nerven waren extrem angespannt, aber an diesem Tag kam die Zusage für die Universität Göttingen. Ein Wahnsinnserfolg!!! Nur eine Bewerbung und es hat geklappt. Endlich ein Erfolg mit Zukunftsperspektive!!! Man merkte ihm auch die Erleichterung an. Das Nächste, was anstand, war das Visum.

Natürlich geht nichts ohne Probleme. Für das Visum braucht man 1000 Dokumente, was ja klar ist und man muss eine Geldsumme nachweisen, die er nicht hat. Klar. Es gibt so eine Bürgschaft, die ich aber nicht unterschreiben konnte, da ich noch mit meinem Mann verheiratet war und ich ihn diesbezüglich auf keinen Fall hineinziehen konnte. Gleichzeitig stand eine Wohnungsrenovierung an und mein übriges Cash wurde hierfür gebraucht. Ich dachte, an der nachweisbaren Summe darf es einfach nicht scheitern. Bei einem Besuch bei meiner Mutter erzählte ich ihr von der Problematik. Sie sah mich ganz komisch an und meinte, weißt du was, ich leihe euch das Geld! Was? Meine Mutter! Der Hammer. So was kann ja nur von der besten Mutter der Welt kommen! Sie hat ja selbst keins, aber zufällig wurde ihr Erspartes zu dem Zeitpunkt frei und sie stellte es uns zur Verfügung, natürlich leihweise, aber trotzdem war das super! Ich konnte es immer noch nicht fassen. Reza war natürlich ganz aus dem Häuschen. Jedenfalls standen den erforderlichen Bedingungen nichts mehr im Weg. Am 23.12. hatte er seinen Antragstermin beim Konsulat in Lefkosa, die zwar zuerst darauf bestanden, dass er nach Ankara flog, aber er konnte sie doch überzeugen und es dann dort beantragen.

Also 23. 12. Der Antrag wurde abgegeben, und wieder hieß es warten. Diesmal wurde ihm gesagt, bis zu drei Monate könne es dauern und er solle bitte schön nicht jede Woche nachfragen, wie weit das Ganze ist. In der Zwischenzeit kamen diverse Mails von der

Uni, die bereits mit der Organisation für ihn begannen. Auch diesmal war ich wieder sehr positiv eingestellt. Ich wusste einfach, dass es klappen würde, wenn er auch wieder mal skeptisch war. Alle Bedingungen waren erfüllt, was konnte schon schief gehe? Dass 2015 die mega Flüchtlingswelle nach Deutschland unterwegs war, konnten wir vorher nicht ahnen und wie dies sich auf das Visum auswirken würde. Mein weiß letztendlich erst, ob es klappt, wenn es tatsächlich so weit ist.

Es war ans Universum abgegeben, wenn es sein sollte, würde die richtige Entscheidung kommen.

# Weihnachten 2015

Am 26.12., ein weiterer Flug nach Famagusta. Wir fallen uns heftig um den Hals und genießen die Zeit wie wahnsinnig. Visum für Deutschland ist beantragt, der momentane Optimismus lässt auch mich guter Dinge sein. Was ich schon zwischendurch merke, 24 Stunden am Stück mit einer Frau zu verbringen, das ist der gute Reza einfach nicht gewöhnt. Aber trotzdem kommen wir gut miteinander aus, alles ist harmonisch. Diverse Pläne werden geschmiedet und zwischen uns herrscht so eine Art vollkommene Glückseeligkeit. An Silvester gehen wir Essen und hören einer Band auf dem Marktplatz zu. Leider ist es ziemlich kalt.

Einen kleinen Dämpfer sollte ich aber doch noch bekommen. Unser Warmwasser fällt aus und der Elektriker muss kommen. Dauert allerdings zwei Tage, bis es endgültig repariert ist. Zur Tür will Reza nicht, und wenn die Handwerker kommen, verkrümelt er sich im Zimmer. Diese Ängste vor dem Unbekannten und die Unfähigkeit, in solchen Situationen die Türe aufzumachen, geschweige denn, ein paar Small-talk-Sätze zu wechseln, steckt immer noch fest. Ich hoffe, dass sich das legen wird und weiß auch gar nicht so recht, wie ich darauf reagieren soll. An einem Abend gibt es darüber auch eine heftige Diskussion, aber für den Moment muss ich das so nehmen wie es ist. Vor allem kenne ich ihn ganz anders. Es macht mich traurig, wie sehr all die Ereignisse aus dem Iran tief in ihm sitzen. Mir wird klar, dass er auf Dauer ohne professionelle psychische Aufarbeitung in seinem Leben nicht zurecht kommen wird.

Leider muss er einen Tag vor meiner Abreise zu ein paar Leuten, denen er wegen der Uni etwas helfen muss. Schade, aber ich bekomme den Tag rum und dann geht es auch im Januar schon wieder Richtung Heimat. Der Plan: An Ostern hole ich ihn ab und wir fliegen zusammen nach München, sofern das Visum kommt. Davon gehen wir zum derzeitigen Stand der Dinge einfach mal aus. Was sein Verschwinden an diesem Tag allerdings wirklich war, hat er mir erst später in München erzählt. Die Reise ist geprägt von Vorfreude, Hoffnung, Neugier, Optimismus und natürlich ein wenig Ängsten: was wird ihn, mich, uns erwarten? Wie sieht eine Zukunft aus, beruflich, finanziell, sozial? Fragen, die er sich stellt, und die ihn die nächsten Wochen beschäftigen werden.

Aber dies sollte mein letzter Besuch auf der doch sehr schönen Insel sein. Hinterher hat sich das alles auch als optimal herausgestellt, da die Türkei, und damit verbunden auch Nordzypern, in politische schwierige Zeiten schlittern. Dass dies so rasant vor sich geht, war nicht vorherzusehen.

Der Fall Steudtner aus Berlin, der 2017 in Istanbul verhaftet wurde und unschuldig dort im Gefängnis saß, hat mich sehr berührt. Ich denke, mir würde es im Iran genauso gehen. Ich habe absolut nichts gemacht, aber alleine schon die Tatsache, dass jemand bei Amnesty International ist, reicht für diktatorische Regimes aus, willkürlich zu handeln. Eine schreckliche Entwicklung, hoffentlich dreht sich das alles wieder irgendwann in vernünftige Bahnen.

# Winter 2016

Als nächster Treffpunkt stand im Februar ein Wochenende in Istanbul an, um seinen Geburtstag dort zu feiern.

Die nächsten Wochen waren geprägt mit Vorbereitungen. Die große Schwierigkeit war vor allem eine Wohnung in Deutschland zu finden. München ist extrem schwer, aber Göttingen steht dem in nicht viel nach. Ich hatte ihm Weihnachten schon gesagt, er müsste sich umgehend bemühen, aber ich denke, wenn man die Verhältnisse hier nicht kennt, unterschätzt man das auch ein wenig. Jedenfalls registrierte er sich dann doch für diverse Wohnheime. Die Organisation begann. So ruhig und gelassen, wie er immer vorgibt, war es für ihn selbstverständlich nicht. Und es kam der Zeitpunkt, an dem er es nicht mehr aushielt und bei der Botschaft anrief. Diverse Mails gingen schon zwischen ihm und der Uni hin und her. Und dann kam die Nachricht: DAS VISUM wird kommen!

Es dauere noch etwas, aber im März wird er es abholen können. Meine / unsere Freude war unbeschreiblich. Tief in meinem Inneren hatte ich immer daran geglaubt, aber dass es dann tatsächlich so weit kommen würde - wow! Insofern war jetzt Zimmersuche absolute Priorität. Definitiv würde er zum 1.4. in Göttingen sein, aber der Plan war, zuerst nach München zu fliegen. Reisevorbereitungen begannen.

Und wenn etwas so kommt wie es sein soll, klappen die wichtigen Dinge auf einmal von selbst. Nachdem Reza ja schon lange immer wieder etwas Deutsch gelernt hatte, kam auf der deutschen Seite der Wohnungsangebote vom Studentenwerk plötzlich eine Anzeige hoch geschaltet, von einer Wohnung im Studentenviertel, billig und schön.

Er rief sofort dort an und konnte auf Deutsch die Details besprechen. Und kaum zu glauben, er bekam sofort eine Zusage. Damit waren die Hauptprobleme fürs Erste gelöst. Visum kommt, Wohnung auch, nur ein Haken: Die Bude war unmöbliert. Aber das würde man lösen können. Natürlich musste, bei aller Euphorie, ein Dämpfer kommen. Die Wohnung war eine zwei-Personen Wohnung, dh. er musste einen Mitbewohner suchen, den er im Internet fand. Einen Iraner, was sonst. Ich war gar nicht begeistert, alle Nationen, doch keinen Iraner! Auf der anderen Seite gibt das vielleicht ein Stück Heimat, aber ich war sehr skeptisch.

Und prompt kam die Konsequenz postwendend. Ich hatte einen Vorschlag bezüglich Bett gemacht, da es sowohl bei Ikea als auch Second Hand billige Möbel gibt. Dann kam der Anruf. Das geht gar nicht. Ein breites Bett, und du hier dann, nee, auf keinen Fall, wir müssen die Beziehung abbrechen. Hä, schon wieder? Dachte, das wäre jetzt endgültig geklärt.

Aber klar, ein Iraner wird mit ihm wohnen. Eine Freundin, das geht dort gar nicht. Könnte ja sein, der kennt jemandenen, der jemanden kennt, der jemanden kennt, der seine Familie kennt. Grr. Ist das anstrengend. Dass sich hier in Deutschland niemand um einen kümmert, muss er selbst sehen, alles Reden nützt da nichts. Meine Antwort: in Deutschland gibt es deutsche Regeln, nicht iranische. Du bekommst den Schlüssel zu meiner Wohnung, ich werde dich besuchen, basta.

Heftige Streitigkeiten folgten mal wieder. Aber es stand sein Geburtstag an. Das kommende Wochenende wollten wir uns in Istanbul treffen. Und er bekam es mit der Angst zu tun. Kurz davor war ein Anschlag in Ankara, im Januar schon in Istanbul, die Lage war recht angespannt. Am liebsten hätte er alles abgebrochen. Aber nein, Geburtstag ist Geburtstag. Ich fliege, egal ob er kommt oder nicht. Nach kurzer Funkstille haben sich die Gemüter wieder beruhigt und es war klar, dass er kommen wird. Wird das jemals anders?

Inzwischen war auch klar, dass ich ihn nicht in Zypern abholen würde, da er schon vorab in Deutschland sein musste. Auch wieder wie durch ein Wunder bekam ich meinen kompletten Flugpreis zurück. Es gab eine kurze Zeitverschiebung beim Rückflug, dadurch konnte ich zurücktreten. Irgendwie sollte das alles so sein. Vermutlich würde er Ostern schon hier sein. Und mir ging das alles fast zu schnell. Jahrelang hatten wir darauf gewartet und schwupp, war es auf einmal so weit. Ich konnte ja auch nicht einschätzen, was alles auf uns zukommen würde.

Und dann ging es tatsächlich nach Istanbul. Am Flughafen war er nicht, erreichen konnte ich ihn auch nicht. Nach Stunden kam er verspätet mit Blumen ins Hotel, weil er am falschen Flughafen gewartet hatte. Männer! Aber wir freuten uns natürlich sehr, lagen uns sofort in den Armen und der Streit war vergessen. Ich spürte eine innere Anspannung, natürlich. Ein neues Leben beginnt. Ein riesiger Aspekt sind die Finanzen. Aber irgendwie wird das lösbar sein. Jetzt feiern wir erst mal am Wochenende Geburtstag.

Und das war tatsächlich wunderschön. Wir gingen Essen, ins Kino, genossen die Stadt. Es war Abschiedsstimmung. Werden wir jemals wieder in diese schöne Stadt kommen? Die politische Situation wurde immer angespannter, was man auch an jeder Ecke spüren konnte. Es lag eine merkwürdige Nervosität in der Luft. Trotzdem genossen wir die Tage. Am Sonntag flogen wir beide wieder in verschiedene Richtungen. Ein letztes Mal, knapp vier Wochen und würde er in Deutschland sein. Kurz darauf explodierte in Istanbul eine Bombe mit wieder vielen Toten, genau an der Ecke, an der wir drei Mal am Tag durchgelaufen waren. Ich bin froh, dass wir beide nicht mehr in diese Gegend der Welt müssen.

Dann ging alles ganz schnell. Wieder zu Hause kam nach ein paar Tagen ein Anruf. Die Bestätigung für die Wohnung ist da. Er hat alles in Zypern abgeschlossen und er konnte seinen Flug vorverlegen: am 9. März wird er in München einfliegen, da sein Visum inzwischen zur Abholung bereit liegt. 9. März!! Das war übernächste Woche!! Ich konnte es gar nicht glauben! Aber jetzt musste ich diverse Vorbereitungen treffen. Von Putzen angefangen bis Organisation mit Arbeit, Flughafenabholung usw.

Letzteres ging schon mal nicht, weil ich arbeiten musste. Aber meine Mutter hat sich mal wieder als Engel erwiesen.

Seine letzten Tage in Zypern waren dann leider doch ein Alptraum. Eine eitrige Zahnentzündung machte ihm das Leben schwer und er musste notfallmäßig in die Klinik. Hohes Fieber, diverse Infusionen, in zwei Tagen ging der Flug und auch noch ein Nachtflug, ich war leicht besorgt.

# März 2016 – Das neue Leben kann beginnen

Mit hohem Fieber und Medikamenten musste er also nachts das Flugzeug besteigen. Morgens kam er problemlos in München an. 9. März, kalt, regnerisch. Er fuhr mit der S-Bahn zu meiner Mutter, die schon das Mittagessen für ihn bereit hatte. Was für ein Bild, ich im Unterricht, Reza bei meiner Mutter am Sofa, auf dem Weg zu meiner Wohnung. In schlechtem Zustand, mit Fieber und schlafbedürftig. Am Abend würden wir uns sehen, ich konnte es gar nicht glauben. Meine Aufmerksamkeit in der Schule war mäßig.

Meine Mutter schloss ihn sofort ins Herz, ebenso wie das auch meine Kinder taten und sogar mein Man hat ihn als meinen neuen Partner akzeptiert. Er gehört jetzt einfach zur Familie.

Ich komme nach Hause und bin total aufgeregt. Natürlich hat er den ganzen Nachmittag geschlafen und ist völlig fertig, mit dieser Zahnentzündung plus Nachtflug. Ich kann es einfach nicht glauben. Er ist hier, in meiner Wohnung, wer hätte das jemals gedacht??

Einerseits ist blöd, dass ich gerade die übervolle Arbeitswoche habe, andererseits kann er sich dadurch erst mal erholen. Das Fieber ist noch da, das Gesicht geschwollen, der gesundheitliche Zustand nicht gerade der Hit. Insofern ist bis zum Wochenende Ruhe angesagt und er kann sich langsam an alles gewöhnen. Ist ja für mich auch spannend, was ihm alles in unserem Lande auffällt, außer dass es saukalt ist. Zum Glück haben Freunde ein paar warme Jacken und Pullis vorbeigebracht.

Auffallend ist für ihn, dass es wenig Leute auf der Strasse gibt, ach was, bei der Kälte hängt niemand freiwillig auf der Straße. Kein Nachbar schaut, keiner ist neugierig. Hatte ich alles vorher gesagt, aber dass es tatsächlich so ist, das muss man wohl selbst erfahren. Er ist überall willkommen und die Leute sind freundlich.

Bis zum Wochenende erholt er sich tatsächlich einigermaßen. Als erstes gehen wir zum St. Patrick's Day, die jährliche Parade der in München lebenden Iren und Irland Fans, wo wir beide als Marshalls eingesetzt sind. Das ist sehr lustig, wir müssen sehen, dass niemand in die Parade läuft und dafür bekommen wir am Ende eine Brotzeit und Bier spendiert. Ansonsten stehen verschiedene Sehenswürdigkeiten auf dem Programm, meine Privatschüler kann er übernehmen, weil ich eh so überlastet bin. Ich habe noch ein Ersatzfahrrad im Keller, mit dem er durch München fährt. Wir sind bei Freunden eingeladen, über Ostern habe ich eine Woche Urlaub und wir unternehmen viel.

An einem super schönen Tag wandern wir um den Eibsee bei Garmisch-Patenkrichen, wir fahren nach Regensburg, legen einen Wellnesstag ein, fahren zum Starnberger und Ammersee und besuchen einige Museen. Ich glaube, man könnte in der Gegend drei Monate lang täglich etwas besichtigen, aber da er ja für immer bleiben will, haben wir genügend Zeit, Vieles in der Zukunft noch anzusehen. Die Ausflüge sind jedenfalls super schön.

Reza lernt eine Menge meiner Freunde kennen, alle schließen ihn sofort ins Herz. Bei all den Menschen, die er in München kennengelernt hat, war nicht eine einzige Person dabei, die Vorurteile hatte, oder in irgendeiner Weise negativ oder skeptisch ihm gegenüber war.

Trotzdem spüre ich natürlich eine Unruhe, was kommt auf ihn zu. Wie ist Göttingen? Er kann nicht gleich in die Wohnung, muss aber ein paar Tage vorab schon dort sein. Wie wird es beruflich laufen? Vorfreude ja, aber auch ein bisschen Angst, ob alles gut geht, schwierig oder einfach wird. Man wird sehen.

# Frühling 2016

Nachdem es am Anfang doch sehr ungemütlich in seiner Wohnung in Göttingen war, kam er sehr oft nach München. Seine Wohnung kam quasi nackt und er musste erst einmal ein paar Einrichtungsgegenstände finden. Meine Mutter und ich sammelten alles zusammen, was er mitnehmen konnte und tatsächlich brauchte.

In München konnte er einen Teil meiner Nachhilfeschüler übernehmen, auch sonst unternahmen wir sehr viel. Zu dem Zeitpunkt gab es noch die billigen Busse mit Preisen von ein oder fünf Euro, somit war die Hin- und Herfahrerei kein Problem. Trotzdem war mir klar, dass das auf Dauer vermutlich so nicht funktionieren würde. Es sind immerhin 500 km und mit dem Bus dauert der Spaß acht Stunden. Die Rückfahrt war okay, aber die Hinfahrt war immer ein Nachtbus, und wenn man das jede Woche macht, wird es mit der Zeit anstrengend.

Was er mir in dieser Zeit auch gestand: er musste für den Visa-Antrag noch einmal in den Iran zurück. Somit wußte ich, was es mit seinem Verschwinden einen Tag vor meinem Abflug an Weihnachten in Zypern auf sich hatte. Das erklärte die vielen Telefonate während meines Besuches. Er hatte mit einem Anwalt dort Kontakt und nachdem er seinen Paß zurück bekam, wollte er auch seinen Namen von allen Beschuldingungen frei haben. Das Visum konnte er tatsächlich nur im Heimatland beantragen. Er hatte panische Angst verhaftet zu werden, wurde dann wohl am Flughafen erst einmal abgeführt, aber der Anwalt erledigte den Papierkram und er konnte zwei Mal hin um das Visum für Deutschland zu beantragen und abzuholen. Welche Deals dabei gelaufen sind, weiß ich nicht, aber alles hat seinen Preis. Mir kam ein Spruch von Farah in Erinnerung, die inzwischen leider nach Norddeutschland gezogen ist. Sie meinte, du wirst doch nicht glauben, wenn der Reza es jemals nach Deutschland schaffen würde, dass die Iraner es zulassen, dass er bei dir wohnt. War das nicht zu

DDR-Zeiten auch so? Man konnte nicht raus und danach munter hin und her fahren. Welcher Preis? Hat er sich verkauft, das Disaster vergessen? Gab es keine andere Möglichkeit? Für ein Studentenvisum offensichtlich nicht. Gedanken, die mir immer in den nächsten Monaten kamen.

Ende Mai fuhr ich das erste Mal nach Göttingen. Die Wohnung war recht schön, etwas dunkel und zu dem Zeitpunkt noch sehr karg. Einen Tag machten wir in Göttingen Sightsseeing, einen Tag waren wir in Hannover. Irgendwie hatte ich jedoch schon gemerkt, dass alles etwas distanzierter wird. Natürlich ging dort der Stress an der Uni los, es standen Prüfungen und Arbeiten an, auch einen Job musste er sich suchen und die Frage war, ob in München oder dort, aber jede Woche zum Arbeiten so weit zu pendeln, wäre etwas verrückt.

Im Juni kam ein überraschendes Angebot von meiner Schule, dringend wurde ein Lehrer für eine Woche für ein Flüchtlingsprojekt zur Aushilfe gesucht. Ich hatte keine Zeit, wußte auch sonst niemanden, dann fiel mir Reza ein. Ich rief spontan an und überredete ihn für diese Vertretung. Unglaublich! Er würde an einer Berufsschule unterrichten, offiziell, eine Woche, Hammer. Ich weiß, dass er ein brillianter Lehrer ist und es hieß, die Klasse sei schwieirg. Lauter pubertäre Jungs, aber aus seinem Kulturkreis, die sollte er im Griff haben. Hatte er auch. Ich war mächtig stolz auf ihn. Und die Chefin war auch sehr zufrieden. Die hätten ihn am liebsten gleich behalten und meinten, er solle sich nach dem Studium dort bewerben. Aber er fühlte sich völlig überfordert, weil für seinen Anspruch sein Deutsch noch nicht ausreichend gut war.

Ich freute mich riesig, obwohl es für ihn Stress pur war. Ich bin mir nicht sicher, aber ich glaube, diese Woche hatte vielleicht weitreichende Konsequenzen, weiß man ja in dem Moment alles nicht so genau. Jedenfalls musste er danach postwendend zurück nach Göttingen.

Ein zusätzlicher positiver Aspekt war, dass er eine Sondergenehmigung zum freiberuflich Unterrichten bekam, aufgrund seiner Deutschkenntnisse und weil er im Iran eine Sprachschule hatte. So schnell geht das normalerweise nicht, aber da Deutschlehrer gerade sehr gesucht sind und er die entsprechende Qualifikation hat, wurde das erstaunlich schnell durchgewunken seitens der Behörden. Unser nächstes Treffen war wir wieder in München. Ich hatte einen neuen Laptop bestellt, den Reza versprach einzurichten. Inzwischen hatte er einen Job als Zeitungsausträger bekommen. Morgens um 3.30 Uhr aufstehen und für knappe zwei Stunden durch die Gegend laufen, Killer. Ich fand die Idee allein schon absolut schwachsinnig, aber er wollte das unbedingt machen. Von der miesen Bezahlung ganz zu schweigen.

Da er ja nie früh ins Bett geht, sah ich so eine leichte Katastrophe auf ihn zukommen. Parallel liefen die Endprüfungen des Semesters an. Verrückt, wie schnell die Zeit verging.

Leider kam nun der Rückschlag, angeblich wegen eines versäumten Termins durch den einwöchigen Einsatz an der Schule in München konnte er eine wichtige Prüfung nicht mitschreiben. Es war eine Mühsal, das hinzubekommen, und er bekam eine zweite Chance, die Ende Juli abgeschlossen sein sollte.Ich war danach wieder bei ihm in Norddeutschland, bemerkte allerdings sein sehr merkwürdiges Verhalten. Ich weiß nicht, ist es der Stress, der Kulturschock, das Trauma, er selbst oder viele verschieden Faktoren zusammen, jedenfalls lagen wir uns kräftig in der Wolle.

Ich merke, wie er mich vor den Leute dort oben versteckt. Das treibt mich wirklich in den Wahnsinn. Eine Nachbarin kommt, er versteckt mich im Zimmer, als ich herauskomme, benimmt er sich, als ob ich ein Kleinkind wäre. Später darauf angesprochen, tickt er aus. Aber dieses Verhalten hat mich sehr

verletzt und es hängt mir noch sehr lange nach. Immer wieder kommen mir die Tränen, wenn ich an diesen Tag denke, bis heute. Was geht in ihm vor? Wie kann man einen Menschen so behandeln, noch dazu die Frau, die so viel für ihn getan hat. Immer und immer wieder. Es ist mir ein Rätsel und ich merke die Hin- und Hergerissenheit zwischen den Kulturen. Er fängt an, den Iran zu glorifizieren. Plötzlich ist alles gar nicht so schlimm und überhaupt, Freitheiten gibt es dort auch. Ach ja, warum ist er hier? Er wird sich entscheiden müssen, entweder für hier oder dort. Beides geht nicht. Die Höllenmonate im Iran, hat er sie vergessen? Verdrängt?

Seine Schulden bei mir scheinen bei allem die entscheidende

Rolle zu spielen. Er fühlt sich unter Druck, mir verpflichtet, und ich merke, wie das Fahrwasser immer dünner wird. Wir fahren nach Bremen, streiten viel und versöhnen uns wieder. Die Sachlage wird schwieriger.

Meine Familie hat ihn wirklich akzeptiert und ins Herz geschlossen. In München gab es tatsächlich nie irgendeinen Moment von Vorurteilen, Rassismus oder sonst ein Probelm in irgendeiner Form. Ich bin allerdings mit seinem Verhalten total überfordert, bespreche mich ständig mit Freunden und habe ein großes Redebedürfnis, ich weiß einfach nicht, was ich machen soll, wie ich mich richtig verhalten soll. Ich möchte ihm das Leben erleichtern, er wird manchmal sogar aggressiv, der Umgang mit dem Trauma und den Depressionen empfinde ich als schwierig. Eine Freundin und Kollegin rufe ich ständig an, sie hat einen traumatisierten Freund und kann mir gute Ratschläge geben. Ich glaube, manchmal gehe ich ihr total auf die Nerven mit meiner Fragerei. So leicht wie es aussah, ist es definitiv nicht. Ich liebe ihn nach wie vor, aber er hat sich verändert, oder ist er enttäuscht? Hat er sich Vieles anders vorgestellt? Natürlich ist es in Deutschland stressig, aber dafür geordnet und organisiert. Mir wird klar, dass noch schwierige Zeiten bevorstehen.

# Sommer 2016

Wir fahren nach Bremen und dort kommt es zu einem heftigen Schlagabtausch, eine Prüfung kann er dann tatsächlich nicht machen, und von seiner Seite kommt großer Unmut auf. Die Streitereien werden unerträglich und er will eine Auszeit haben.

Ich fühle mich in Göttingen als Mensch zweiter Klasse behandelt. Er versteckt mich vor seinen Freunden wie ein Hund, das geht ja mal gar nicht. Bin verletzt, irgendwie geht alles schief. Im August fahre ich alleine in den Urlaub. Ich bin enttäuscht, verletzt, traurig und doch liebe ich ihn. Auch weil ich weiß, dass er eigentlich nicht so ist. Ich hatte die Reise ins Schwabenland, zu Keti nach Offenburg und nach Straßburg organisiert, weil er da immer hin wollte. Auch ein paar Tage Schweiz waren eingeplant, ich besuche allerdings meine Freunde und all die schönen Orte alleine.

Nach meiner Rückkehr aus den Ferien bemerke zufällig, dass er im Iran ist. Ich ticke völlig aut. Abgehauen? Was denkt er sich? Betrogen? Nach allem? Falsche Einschätzung meinerseits???

Ich bin total konfus, esse nicht mehr, schlafe nicht mehr und nehme Kontakt mit seinem Freund und seinem Bruder auf. Meine Wut lasse ich an beiden aus, was zur Folge hat, das Amir den Kontakt mit mir abbricht. Sein Freund Azad beruhigt mich. Er wäre nur für ein paar Tage gefahren und käme bald wieder. Warum???? Wie geht das???? Ich weiß nicht, was ich glauben soll. Ich bin völlig durch den Wind. Ist er ein Betrüger? Habe ich mich die ganze Zeit verarschen lassen? Ich weiß überhaupt nicht mehr, was ich glauben soll. All die Versprechungen nichts wert? Sehe ich jemals mein Geld wieder? Soll ich zur Polizei? Ich kann es einfach nicht fassen. Gibt es eine Erklärung? Musste er in den Iran, weil er zu was gezwungen wurde? Er würde doch nicht freiwillig dort hin? Eigentlich konnte er doch gar keinen Urlaub nehmen, zumindest hat er mir das erzählt. Ich kann nichts mehr einordnen.

Ich werde angelogen, in Göttingen wie ein Mensch zweiter Klasse behandelt, es wird mir alles zu viel. Die Verletzungen sitzen tief. Trotzdem liebe ich ihn, ich kenne ihn doch als ganz anderen Menschen.

Nach seiner Rückkehr ruft er mich tatsächlich an. Tut, als ob nichts gewesen wäre. Der nächste Anruf nach einem Telefonat mit seinem Bruder, was mir einfällt, ihm nachzuspionieren. Entschuldigung, es gibt hier einen fünf-stelligen Betrag an Schulden und jemand verschwindet in den Iran??? Was ist das??? Er musste Dokumente unterschreiben wegen seiner alten Schule. Alles wichtig, und er muss das persönlich machen. Ich weiß nicht, was ich glauben soll. Was ist los? Hinterher stellt sich raus, dass das wohl so gewesen ist. Dass man in einer Beziehung über so etwas kommuniziert ist ihm neu. Kulturelle Differenzen, wie es scheint. Unüberwindbar? Ich weiß es nicht. Es beginnt eine Kommunikation auf besserer Ebene. Zu meinem Geburtstag will er kommen. Aber: Welche Rolle spielt der iranische Geheimdienst mal wieder bei dem Ganzen?

Endlich findet er eine andere Arbeit. Und wieder muss er meinen Besuch verschieben. Und wieder stelle ich fest, dass er heimlich in die Türkei fliegt. Wozu? Was wird hier gespielt?

Ich bin enttäuscht, weiß nicht ,was ich will und möchte die Beziehung eigentlich auflösen, dann fängt er plötzlich an um mich zu kämpfen. Er möchte mich nicht verlieren, würde mir alles erkären, er kommt, sobald er kann.

Im Sommer bekomme ich unverhofft ein neues Stellenangebot. Meine erste richtige Festanstellung im Leben. Vorher war ich immer freiberuflich oder selbständig tätig. Eine gute Stelle um die Ecke und nach einigen Überlegungen stimme ich zu. Im Oktober soll ein neues Leben beginnen. Ich möchte mit einigen Dinge neu anfangen.

Gleichzeitig beschließe ich mir ein paar Hobbies zuzulegen. Irgendwas mit Musik werde ich beginnen, was wir dann aber tatsächlich gemeinsam machen. Ich investiere sogar in Backformen und möchte ein wenig häuslicher werden.

# Herbst 2016

Wir hatten eine früher geplante Ljubliana Reise abgesagt, weil er angeblich kein Geld hatte, aber alleine in die Türkei geflogen ist. Grrr. Mein neuer Job begann und ich wollte einige Veränderungen. Reza hat sich nach seiner Türkeirückkehr bei mir in München angesagt. Auch sollte er einen Job als Deutschlehrer für zwei afghanische Flüchtlinge übernehmen, jede zweite Woche am Freitag, da für mich kein Nachfolger in meinem alten Job gefunden wurde. Außerdem wollte ich mein neues Hobby anfangen und entschied mich für einen Trommelkurs, da der Trommellehrer im Haus gegenüber wohnt und ich seine Frau zufällig von der Schule kenne. Sie hat mir viel von der Musik erzählt und mir, der unmusikalischten Person dieser Welt, Mut gemacht. Reza wollte sich dem anschließen. Ich beschloss, über den versauten Sommer nicht mehr zu diskutieren. Er kam, wir fielen uns um den Hals und irgendwie fühlte sich alles wieder gut an. Ich entwickelte tatsächlich eine Backleidenschaft mit meinen neuen Backformen und legte mir diverse häusliche Eigenschaften zu. Die folgenden Wochen verliefen, bis auf einige kleinere Streitereien, sehr harmonisch. Er kam jede zweite Woche und wir machten wirklich schöne Dinge. Weihnachten näherte sich und ich beschloss, ein Wochenende zu ihm zu fahren, um die nordeutschen Weihnachtsmärkte zu sehen.

Aber wieder kam es zur Katastrophe. Jedes Mal, wenn ich in Göttingen war, gab es entweder Streit oder Enttäuschungen, die damit zu tun hatten, dass er mich verstecken will, oder ignoriert oder ich weiß es auch nicht. Er hatte in der Zwischenzeit einen weiteren Job in einer Druckerei mit viel Nachtschicht, plus das Unterrichten in München, da war er gut ausgelastet. Dazu der Unistress. Das mit den Schulden musste ich mir immer wieder anhören, und weniger wurde es auch nicht, weil er immer wieder zusätzlich Geld brauchte und ich eh immer alles bezahlt hatte.

Wir waren jedenfalls einen Tag in Hameln, was sehr schön war. Aber auch dort wieder seine ständige Telefoniererei und am Handy-Gespiele, ein Benehmen, wie bei den Teenagern. Und natürlich empfinde ich es als respektlos. An meinem letzten Abend in Göttingen ist er zu einem Kumpel und bis zu meiner Abreise nicht mehr aufgetaucht. Ich konnte es einfach fassen. Wie kann man sich so benehmen??? Unglaublich. Selbstverständlich hat es auch daraufhin saftig gekracht. Ich weiß nicht, wie das alles so schief gehen konnte, aber es sind die kulturellen Unterschiede, die uns zu schaffen machen und, das fiel mir da schon auf, eine depressive Stimmung, die ihn manchmal so mitnahm, dass er ein völlig anderer Mensch zu sein schien. War es das Trauma? Gab es da noch was anderes? Ich konnte es nicht sagen, alles war an guten Tagen super schön, an schlechten Tagen eine Katastrophe.

In meinem neuen Job bot sich eine Möglichkeit an, an Samstagen einen Deutschkurs zu geben. Darüber gab es anfangs Gemeckere, dann doch Zustimmung. In seiner anderen Schule gab es für das neue Jahr verschiedene Jobmöglichkeiten, die wesentlich besser erschienen als die Nachtschicht in der Druckerei. An der Uni arbeitete er ein Semester lang, aber das rentierte sich finanziell nicht und der Aufwand war groß. Für die Referenz war es gut, aber sonst zu stressig. Seine Noten waren gut und irgendwie schien alles in guten Bahnen zu verlaufen. Man kann die Dinge des Lebens immer von verschiedenen Seiten sehen, aber letztlich lief es super, nur er hatte immer dieses negative Gefühl.

Wenn man nicht traumatisiert ist und es von unserer Sichtweise her sieht hat, hat er alles auf dem goldenen Tablett serviert bekommen, was er immer wollte. Einen gut bezahlten und tollen Job als Lehrer, die besten Noten an der Uni, ein richtiges und festes Zuhause bei mir in München, eine Frau, die ihn liebt. Was fehlt denn? Ja, oft höre ich den Spruch: „Ich brauche meine Freiheit“. Aber Freiheit und Beziehung gleichzeitig funktioniert nicht so ganz. Beziehung und das Bild des Mannes und der Frau sind im Iran etwas ganz anderes. Hier gibt es die Kleinfamilie, das Leben ist eher pärchenorientiert. Bei uns laufen halt nicht Gruppen von Männern durch die Gegend und machen was sie wollen. Der deutsche Mann steht am Samstag

Morgen beim Bäcker und holt die Brötchen für das gemeinsame Frühstück. Klischee, Klischee, ich weiß. Nicht überall, aber oft ist es so. Man ißt gemeinsam, plant und macht Dinge zusammen und nicht: jeder macht was er will und wenn es mir danach ist, dann bin ich halt mal hier. Mit so einer Einstellung seinerseits kann ich auch alleine leben. Oder habe ich nur falsche Erwartungen?

Reza braucht seine Rückzugsmöglichkeit, das ist mir schon klar, aber nicht immer, und zwischendurch mag ich einfach kuscheln oder gemeinsam etwas Schönes machen.

# Weihnachten / Winter

Für Weihnachten kommt er nach München. Zuerst machen wir diverse Weihnachtsmärke unsicher. Das ist wirklich wunderschön mit toller Stimmung, so wie es halt sein soll. Ich bin nicht der große Weihnachtsfan, trotzdem habe ich einen Baum und es kommt eine festliche Stimmung auf. Mein Ex-Mann hätte ihn auch zur gemeinsamen Weihnachtsfeier eingeladen, aber er will für sich sein. Wir feiern mit meiner Mutter, alles ist ganz harmonisch und friedlich. Dann fliegen wir für eine Woche nach Madeira. Leider kommt es auch dort an einem Tag zum Streit, er neigt immer wieder dazu sich total zurückzuziehen, und ist ständig am Telefon mit irgendwelchen Leuten. Er kann einfach nicht nur entspannen. Insgesamt ist es dort allerdings sehr schön. Wir wandern und machen schöne Ausflüge und das Essen ist super. Silvester sind wir in Funchal, aber immer wieder dazwischen die Nachdenklichkeit und Grübeleien. Mit seiner Schlaflosigkeit, die ein typisches Zeichen der Depression und des Traumas ist, geht es dort besser. Ich glaube, bei einem geregelten Tagesablauf würde er sich tatsächlich auch körperlich erholen und besser fühlen.

Über den Winter kommt er im 14-Tage Rythmus nach München, das pendelt sich ganz gut ein, trotzdem spüre ich seine depressive Stimmung. Mal ist es besser, mal schlechter, aber immer so eine leichte Wehmut. An seinem Geburtstag schrottet er sein Handy. Ein Drama, dass das heilige I-Phone kaputt ist. Zitat Reza: Das Display sieht aus wie mein Leben: in Scherben.

Erschwerend kommt dazu, dass zur Visaverlängerung die Uni Stress macht. Er wird vor eine Kommision geladen. Da er oft in München ist, kommen denen die häufigen Abwesenheiten suspekt vor. Warum dem so ist, weiß keiner. Sie verdächtigen ihn, dass er nicht ernsthaft studiert, obwohl er nur Einser hat. Lächerlich. Auch wieder etwas, dass die Stimmung nicht ungebedingt aufhellt. Der

Plan ist nun in den Semesterferien nach München zu kommen, da auch einiges an Unterricht für ihn geplant ist. Bei mir in der Arbeit bekommt er einen Kurs angeboten, der im März losgehen soll, der sich allerdings aus den verschiedensten Gründen verzögert. Aber wir haben die Samstagskurse ins Laufen gebracht, viele Schüler sind motiviert und in der anderen Schule hat er auch so Einiges zu tun.

Seine Prüfungen an der Uni verlaufen super. Am Ende besteht er alles mit 1,0 bzw. 1,33. Insofern wäre die Ausgangslage gut. Gute Noten, gute Jobaussichten, alles läuft, und doch die ständige Unzufriedenheit. Er hat Ende Februar die Telc C1 Deutschprüfung, die besteht er allerdings nicht, da wir die halbe Nacht streiten und er viel zu aufgewühlt ist. Der ständige Rückzug ist für mich unerträglich.

Die Streitereien drehen sich immer um das Gleiche: die Schulden, die Abhängigkeit von mir, er fühlt sich mir ausgeliefert. Seine Freiheit wird beschnitten. Ich kann es irgendwann nicht mehr hören.

Manchmal läuft es allerdings ganz super. Wir gehen einmal am Wochenende in ein Kunstmuseum, Film ansehen, und machen tolle kulturelle Dinge. Am nächsten Wochenende ist wieder alles hinfällig, Stimmung schlecht, Rückzug, Streit. Dazwischen machen wir ein paar schöne Ausflüge: Salzburg, Berge in der Münchner Umgebung, Wanderungen. Das scheint auch für ihn wieder richtig gut zu sein. Aber dann wieder die Durchhänger. Anstrengend.

Im Herbst fingen wir ja den Trommelkurs an, mein afrikanischer Nachbar ist unser Trommellehrer und wir machten, immer wenn Reza da war, freitags den Kurs bei mir zu Hause. Trommeln und Musik haben bekanntlich eine therapeutische Wirkung. Mein Gedanke war natürlich, die Depressionen damit zu stoppen. Aber vermutlich war es zu spät, zu wenig intensiv, hatte was mit mir zu tun und zu viel Nähe, keine Ahnung. Einen Versuch war es wert, aber es funtkionierte nicht, obwohl ihm das Trommeln grundsätzlich Spaß macht.

Dass dies alles mit Depressionen und Trauma zu tun hat, ist uns beiden klar, und er weiß, dass er endlich professionell etwas dagegen tun muss. Auch der Schuldenberg lastet schwer auf ihm. Aber dafür gibt es nur eine Lösung: Arbeiten und nach und nach abbezahlen. Stattdessen kommt die super brilliante Idee für eine Woche in den

Iran zu fliegen um die Familie zu besuchen. Ich kann das einerseits verstehen, andererseits muss man aber arbeiten, um Geld zu verdienen. Angeblich hatte sein Schwager das Ticket bezahlt und er hat eine ein-wöchige Reise organisiert.

Was einem allerdings schon sehr merkwürdig vorkommt, ist die Tatsache, dass er zuerst aus dem Iran geflohen ist, dann den Sommer davor wieder dort war, und sechs Monate später schon wieder runter fliegt. Das ist nach wie vor eine gefährliche Diktatur, auch wenn sich das Eine oder Andere verbessert haben mag. Inzwischen öffnet sich das Land dem Tourismus, was ja auch eine Einnahmequelle ist. Trotzdem ist dort nicht jeder erwünscht, und dass plötzlich alles nur friedlich und super ist, kann ich beim besten Willen nicht glauben. Zahlreiche Berichte in Youtube bzw. im Internet geben mir Recht und die Todesurteile sprechen für sich.

Aber ich will in dem Fall nicht der Spielverderber sein und somit fliegt er im März in seine alte Heimat. Er kommt sehr entspannt zurück und hat sich gefreut seine Mutter wieder gesehen zu haben. Wir haben gute Gespräche, ich glaube, er weiß diesmal was er wirklich will. Es liegt ein hartes Semester vor ihm, aber mit vernünftiger Planung scheint alles seinen Gang zu gehen und etwas wie ein Hauch von Glück liegt in der Luft.

Ich fliege über Ostern für eine Woche nach Japan, was ich sehr genieße. Ich komme mir wie ein Flüchtling bei uns vor. Ich kann nichts lesen, verstehe nichts und alles ist ganz anders. Super interessant, aber natürlich alles etwas merkwürdig für unsere Verhältnisse und so manches lässt mich immer wieder schmunzeln. Als ich ein Sandwich in der U-Bahn auspacke, drehen sich alle Leute um und starren mich an. Öffentlich essen, das macht man dort nicht. Ah denke ich, darum ist es dort so sauber, kein Papier, Plastik oder Gebrösl liegt irgendwo auf der Straße oder in der U-Bahn. Und japanische Toiletten sind eine Sensation, so was möchte ich auch!

Jeden Tag ruft mich Reza an, und als ich zurückkomme, kocht er für mich und bereitet mir einen herzlichen Empfang. Der Flüchtlingskurs, den er in meiner Arbeit bekommt, steht kurz bevor, viel Arbeit, regelmäßiges Kommen, aber doch irgendwie ein geregeltes Leben und normaler Alltag. Trotzdem geht er schon mal in eine Beratungsstelle für psychische Krankheiten, meint aber zum jetztigen Zeitpunkt brauche er keine Hilfe und alles sei soweit okay.

Der Kurs mit den Jungs aus Afghanistan und Afrika läuft an. Wir fahren gemeinsam zur Schule und alles hat allmählich etwas Harmonisches an sich. Es gefällt im super in der Arbeit und auch an der Uni läuft alles gut. Der Alltag spielt sich ein, zumindest habe ich diesen Eindruck. Er ist schon etwas gestresst mit der Fahrerei aber insgesamt ist alles okay, auch zwischen uns in dieser Zeit.

In der Schule mit dem Kurs leistet er hervorragende Arbeit, für die ihm alle Beteiligten bis heute dankbar sind. Reza ist der geborene Lehrer, das steht völlig außer Zweifel. Und für die Schüler ist er ein großes Vorbild. Sie sehen ihn als einen von ihnen, der es geschafft hat. Heute sind sie alle in Ausbildung und können stolz auf sich sein. Reza hat dazu seinen Anteil beigetragen.

Kurz darauf geht er dann doch zu diversen Beratungsstellen und versichert mir, dass er sowohl die Beziehung will und auch glücklich darin sei, als auch alles andere, so wie es jetzt läuft, seine Ordnung für ihn hat.

Pfingsten bin ich alleine für drei Tage in Ljubliana. Mit leckerem Essen und Cremeschnitten lasse ich es mir dort gut gehen. Ich wollte die versäumte Reise vom letzten Jahr nachholen. Er muss für die Uni einges machen, was ich auch verstehehe und drei Tage alleine zu reisen ist okay für mich. Die Woche darauf muss ich arbeiten, danach habe ich eine Woche Urlaub und eine Reise nach Göttingen steht mal wieder an.

Insgesamt ist diese Phase für mich eine sehr glückliche Phase. Es ist einfach schön, wenn er da ist. Wir haben so vieles gemeinsam. Natürlich gibt es Unterschiede, sonst wäre es ja langweilig. Als Problem sehe ich den emotionalen und auch physischen Gesundheitszustand. Ich mache mir Sorgen, große Sorgen. Dieses wenige Schlafen, der depressive Zustand, das kann auf Dauer nicht gut gehen. Aber das Semester wird schon irgendwie rumgehen, dann läßt der Stress nach, denke ich zu diesem Zeitpunkt. Doch es kommt wieder alles anders.

# Das Disaster

Natürlich war mir mulmig, wie immer, wenn es zu ihm ging. Als ob ich es geahnt hätte, dass wieder etwas schief gehen würde. Der Clash der Kulturen, so kommt es mir vor. In München lebt Reza ein deutsches Leben, soweit es ihm gelingt, aber doch eher angepasst. In Göttingen lebt er ein rein iranisches Leben. Klar ist es an der Uni eher im deutschen Stil, aber die Studenten sind international, sein Freundeskreis besteht nur aus Iranern und mit Deutschen hat er dort nichts zu tun, außer beim Einkaufen oder wenn er mal auf eine Behörde muss. Das Privatleben dort ist 100 % iranisch.

Außerdem war er gerade im Unistress und in München war ja arbeitstechnisch auch Einiges zu tun. Ich hatte, wie gesagt, die ganze Woche frei, dachte, ich tue ihm einen Gefallen, indem wir mit dem Auto fahren, spart er sich das Zugticket, mal was anderes, und auf dem Hinweg stoppten wir in Kassel, um auf die Documenta zu gehen. Geplant war die Rückfahrt über Quedlinburg.

Er wollte erst am Sonntag los fahren, um in München in Ruhe was für die Uni fertig machen zu können. Das war mir egal, sonntags ist tendenziell weniger Verkehr, insofern machte ich mir auch über seinen wahren Hintergrund keine Gedanken.

Wir fahren also zuerst nach Kassel, was auch sehr schön ist. Wir besuchen die Documenta, als Kulturinteressierter Mensch sollte man das Spektakel einmal gesehen haben. Bis dahin läuft alles glatt, die Fahrt geht schnell und problemlos und es scheint alles okay.

Tja, und dann Göttingen. Sobald wir dort sind, ist es, als ob der Schalter umwechselt. Er switcht auf iranisch um, tut plötzlich so als wäre ich irgendeine entfernte Bekannte. Versteckt mich wieder. Ich bin total verärgert. Wer ist der Mann, den ich kenne und liebe? Plötzlich ein ganz anderer, wieder mal, immer so?

Ich weiß es nicht, aber es ist die Kultur, der Stress, eine Kombination aus beiden, aber es geht einfach nicht an, dass ich in Göttingen, in seiner Umgebung, seinem Umfeld als Mensch zweiter Klasse behandelt werde. Es kann nicht sein, dass er mich nach fünf Jahren Beziehung immer noch vor seinen Freunden versteckt. Mich, seine engste Vertrauensperson, die, die ihn seit eineinhalb Jahren finanziert, diejenige, die immer für ihn da ist. Wer bin ich eigentlich? Ich bekomme eine wahnsinnige Wut. Ich hatte mir ein dickes Buch mitgenommen, da ich ihn beim Lernen nicht stören wollte. „Nein, nein, du störtst gar nicht", seine Worte. Aber sobald ich da bin, ist es anders. Azad ist in der Arbeit, er gibt mir sein Zimmer, er verzieht sich in Azad's Zimmer. Was soll das? Ich dachte, ich störe nicht?

Einfach diese Art mit mir umzugehen, stößt mir sehr auf, vor allem, nachdem er weiß, wie sehr mich sein Verhalten die letzten Male dort oben verletzt hat. Als Azad nach Hause kommt, bin ich schon im Halbschlaf, jedenfalls kommt Reza nicht. Irgendwann gehe ich rüber und frage, was eigentlich los sei? Daraufhin wird er richtig aggressiv. Wenn das alles vorbei ist, würde er endgültig gehen! Was denn vorbei? Die Schulden bezahlt, immer wieder das gleiche, wie eine Schallplatte, die stecken bleibt, die Schulden, die Schulden, die Schulden. Ja klar, man muss arbeiten, Schritt für Schritt zurückzahlen, alles gut. Dass das eine Weile dauern wird, ist uns ja allen klar.

Irgendwann beruhigt er sich wieder, geht ins Bett und schläft ein paar Stunden. Am Morgen scheint zuerst alles gut, dann bricht er beim Frühstück einen mega Streit vom Zaun. Es geht hauptsächlich um einen Kurs, den er im August in München halten soll. Ein früheres Projket von mir, aber jetzt ist Mitte Juni, das steht überhaupt nicht zur Diskussion, stattdessen er hat eine Präsentation in der Uni vor sich.

Ich fahre ihn und seinen Freund zur Uni, dann kommen Beschimpfungen per Handy. Ich war so weit, dass ich eigentlich hätte nach München fahren sollen, aber er beruhigte sich wieder. Trotzdem packe ich am Nachmittag meine Sachen. Besser wäre ich zu diesem Zeitpunkt gefahren. Aber er überredet mich zu bleiben. Einerseits will er mich bei sich haben, anderseits nicht, und tut alles um jeglichen Kontakt mit seinen Leuten zu vermeiden, wenn ich da bin. Als er am Nachmittag zurück ist, beruhigt er mich und will am nächsten Tag mit mir zum See, obwohl er Uni hat. Ich kann ja nicht einschätzen wie wichtig die Dinge an der Uni sind oder nicht. Wieder verzieht er sich in der Nacht zu Azad ins Zimmer. Da reicht es mir endgültig, ich will keine Stunde länger in dieser Wohnung bleiben. Ich packe meine Sachen und am Morgen fahren wir zum See.

Der Spaziergang war nur mit Streit verbunden. Er würde mich eh nicht lieben und überhaupt wollte er seine Freiheit und Ruhe. Ich beschloss ins Hotel zu gehen, was sollte das. Am nächsten Tag stand Quedlinburg an, ich hatte mich echt gefreut, aber mir war nur flau im Magen. Nach dem Mittagessen am See brachte er mich in ein Hotel, bezahlte es sogar und wir waren für den nächsten Tag verabredet.

Den Nachmittag verbrachte ich nur heulend. In Göttingen kenne ich niemanden, es gibt nichts zu tun, das Wetter war auch noch Kacke, ich war hin und hergerissen zwischen Wut, Selbstmitleid und allem Möglichen, das mir durch den Kopf ging ist. Warum bin ich hier geblieben und nicht gleich nach Hause gefahren? Warum steht er nicht zu mir? Am Abend versuchte ich nochmal ihn zu kontaktieren, er war aber sehr unwirsch.

Am nächsten Morgen hatte ich tatsächlich die Nase gestrichen voll. Ich rief ihn an und sagte, entweder er käme sofort und wir fahren oder ich fahre zurück. Ich wußte schon, dass er etwas Wichtiges in der Uni hatte, aber noch einen weiteren Vormittag in Göttingen herumhängen, konnte ich einfach nicht.

Ich hatte auch genug vom ewigen Bezahlen, was ich ihm auch sagte. Er kam kurz nach dem Telefonat. Wir fuhren los Richtung Quedlinburg. Natürlich stritten wir im Auto nur. Die Stimmung in der Stadt war dann entsprechend. Kurz nach dem Mittagessen kam ein Anruf. Seine Professorin war wohl auch sehr wütend, weil er nicht aufgetaucht war. Daraufhin brach er völlig zusammen.

Er stand heulend vor mir, sagte er würde jetzt sofort nach Göttingen zurückfahren, er wolle mich nicht mehr sehen, würde aber am Freitag in die Arbeit kommen. Da stand ich, alleine, verlassen, mitten in Ostdeutschland, bei Hitze und Schwüle.

Ich musste erst einmal in das Hotel und absagen. Weinend stand ich vor dem Besitzer, der mir eine Tasse Kaffe machte, und mich etwas beruhigte.

Ich fuhr, völlig von der Rolle, die Tränen liefen nur so, nach München zurück, ich weiß nicht, wie ich es heil geschafft habe, aber zu Hause brach auch ich völlig zusammen.

Zum Glück habe ich eine Familie, die zu mir hält, ein großes soziales Umfeld, die Arbeit und viele Dinge, die mich auffangen und am Leben halten. Aber ich war mit den Nerven am Ende.

War es das? Fünf Jahre, Einsatz von Emotionen, Geld, Zeit, und dann, nichts? Ich konnte es nicht glauben. Sogar meine Mutter kam mich sofort tröstend besuchen. Und es stellt sich die Frage, warum?

Warum? Was klar ist, dass er schwere Depressionen hat, traumatisiert ist, Schmerzen hat und physisch und psychisch krank ist. Überfordet mit Deutschland, Studium, Arbeit, Beziehung. Und welche Rolle spielen die Iraner bei dem Ganzen? Wie kann man aus einem Land fliehen und dann in regelmäßigen Abständen hin und her fliehen, als ob nichts gewesen wäre? Normal? Sicher nicht. Zu DDR-Zeiten konnte man nicht fliegen und danach lustig und munter hin und her fahren. Was geht hier vor, was weiß ich nicht? Fragen, Fragen, Fragen.

Am folgenden Freitag meldete er sich krank und kam nicht zur Arbeit. Meiner Kollegin hatte ich die ganze Geschichte erzählt. Sie ist zum Glück sehr verständnisvoll und da sie uns beide mag, versucht sie immer eine gute Lösung für alle Seiten zu finden.

Das Hauptproblem, das ich sehe: Reza kann den Iran nicht loslassen. In Deutschland haben wir andere Spielregeln, Kultur, Mentalität, was er ja einerseits mag, andererseits gar nicht damit klar kommt. Aber wenn man 30 Jahre in muslemisch geprägten Ländern wohnt und dann plötzlich in ein super strukturiertes Land wie Deutschland kommt, mit 1000 Regeln und anderen To-Dos, die man nicht einmal kennt, dann ist es natürlich schwierig. Plus den Druck, Schulden abbezahlen zu müssen. Dass er das Uni-Studium mit Eins schaffen möchte, ist sein Druck, den er sich selber macht. Aber Perfektionismus ist auch eine Eigentschaft, die oft mit Depressionen zu tun hat.

Ein weiteres riesen Problem ist seine Schlaflosigkeit. Nichts davon hat sich gebessert. In den Tagen vor dem Streit schlief er in fünf Tagen vielleicht zusammen acht bis neun Stunden, zwei Nächte gar nicht, kein Wunder, flippt man da aus.

Ich war jedenfalls völlig fertig. Am darauffolgenden Donnerstag war er wieder in der Arbeit. Ich ging ihm aus dem Weg, beachtete ihn gar nicht. Meine Kollegin appelierte an ihn mit mir das Gespräch zu suchen. Es geht nicht, dass wir in einem kleinen Team zwei Leute haben, die nicht miteinander sprechen. Er versuchte auch ihr aus dem Weg zu gehen, meldete sich nicht, auch nicht übers Wochenende. Wo er schlief in München, keine Ahnung. Natürlich machte ich mir Sorgen, war wütend, aber die Woche war erstmal vorbei.

Meine Kollegin appelierte ebenso an mich, das Gespräch zu suchen, weil das so keine Basis ist, um weiterhin zusammenzuarbeiten. War mir schon klar. Am Mittwoch war er dann wieder da, und wir gingen zusammen spazieren.

Nach unserem Streit in Quedlingburg ist er völlig zusammengebrochen. Er ging postwendend zum psychischen Notdienst. Es läuft eine intensive Vorbereitung für eine Therapie. Endlich! Aber er sagte mir nicht, wo er wohnt, später stellt sich heraus, in den verschiedenen Jugendherbergen der Stadt. Er ist völlig am Ende. Auch körperliche Untersuchungen finden statt. Er hat massive Herzprobleme, ebenso mit den Nieren und hat Verdacht auf Diabetes. Er möchte kämpfen, für sich, seine Gesundheit, und ich möchte ihn zurück.

Ich weiß, dass ich ihn liebe, noch nie einen Menschen so geliebt habe wie ihn, aber durch die psychische Krankheit ist er auch nicht fähig Gefühle zu äußern. Ich habe früher einmal eine psychisch kranke Frau betreut, von daher weiß ich einiges über Depressionen, aber wenn man dirket durch den Partner betroffen ist, ist es wieder etwas anderes. Ich bin schon sehr verzweifelt, trotzdem sagt mir mein Bauchgefühl, dass alles wieder gut wird, aber er braucht Zeit. Er möchte auch, dass wir in dieser Zeit Dinge gemeinsam machen, braucht aber viel Abstand um zu sich zu finden.

Warum ist das Leben so kompliziert? Seine Stimmungen schwanken. Wir beschließen, jeden Donnerstag zusammen Mittagessen zu gehen. Auch so möchten wir dazwischen gemeinsam etwas machen. In den Sommerurlaub nach Bulgarien kommt er nicht mit, nach Südtirol für meinen Geburtstag schon. Macht mich traurig, aber ich sehe auch, dass er sich um seine Gesundheit kümmern muss.

In den nächsten Wochen im Juli sehen wir uns regelmäßig. Das

Hostel wird ihm zu teuer und Freunde von mir stellen ihm ein Zimmer zur Verfügung. Wir haben zwischendurch gute Gespräche. Ich sehe Hoffnung, weiß aber auch, dass er von Schmerzen geplagt ist. Er plant sein Leben irgendwie, möchte sich von mir nicht drein reden lassen. Wir treffen uns immer wieder in München und ein weiteres Mal kommt es zum Eklat. Mich verletzt sein Verhalten immer wieder, obwohl ich weiß, dass er krank ist. An einem Samstag nach der Arbeit, als wir unseren gemeinsamen Kurs beendet haben, gehen wir zusammen in den Englischen Garten. Nach dem Mittagessen setzen wir uns auf die Wiese und ich flippe aus, weil ich diese Haltung, diese Kälte und Distanz, und sein Verhalten nicht aushalte. Da ich viel für ihn getan habe, fordere ich auch von ihm ein, aber er kann natürlich in diesem Zustand nichts geben. Wir streiten, gehen getrennte Wege, ich hole ihn wieder ein und wir setzen uns wieder. Dann ein Geständnis. In Rezas Kindheit und Jugend fanden mehrfach Gewalterfahrungen statt!!! Das erklärt Einiges. Ich bin total schockiert und beeindruckt über das Vertrauen, das er zu mir hat. Die schrecklichen Erinnerungenen kam druch die Therapie hoch. Jahrelang hat er das alles verdrängt.

Zu Hause informiere ich mich im Internet über die Spätfolgen seiner Gewalterfahrung. ALLE treffen auf ihn zu. Unglaublich, ich habe großes Mitgefühl. Was hat dieser Mann alles mitgemacht. Ich denke, es fand schon sehr viel Vernachlässigiung in früher Kindheit statt. Danach jahrelange Gewalterfahrung im Umfeld, dann die Psychofolter nach Georgien, die er anfängt völlig zu verdrängen. Aber ein Mensch kann vermutlich nur in einem bestimmten Rahmen solche Dinge aushalten.

Als er mir erzählt, dass er für eine bevorstehende Operation in den Iran will, gehen bei mir sämtlich Alarmglocken hoch. Warum? Er will bei seiner Familie sein. Die Familie, die ihm nie geholfen hat??? Ich verstehe es nicht, aber sage lieber nichts. Medizinisch wird er in Deutschland sicher besser versorgt, aber was kann ich machen. Ich weiß, ich darf mich nicht einmischen, kann es trotzdem nicht fassen.

Als er im August an meiner alten Arbeitsstelle einen Kurs übernimmt, merke ich, wie sehr er mit seiner sozialen Phobie zu kämpfen hat. Er ist völlig neben der Spur, obwohl er den Job super macht.

Er unterrichtet Deutsch in einer Fachrichtung, die ihm neu ist, aber er ist einfach ein toller Lehrer und trotz seiner Nervosität sind die Schüler von ihm begeistert. Am Abend bricht er wieder zusammen. Ich biete ihm an, ihn ins Krankenhaus zu fahren, aber er will nicht. Er zieht sich zurück, sagt für den Montag ab, was alle in der Arbeit verärgert. Es ist Freitag Nachmittag, am Morgen hatte er noch versichert, dass er kommt, dann das. Natürlich kann man kurzfristig keine Vertretung finden. Wir treffen uns zum Essen, das ganze Wochenende hat er geschlafen, dann geht es am Montag wieder etwas besser, ich merke aber, dass der gesundheitliche Zustand eine Katastrophe ist. Am Mittwoch sehen wir uns, vorläufig das letzte Mal. Er schafft es irgendwie durch den Tag zu kommen, am Abend unterrichtet er noch seine alten Schüler, dann reist er mit dem Spätzug nach Göttingen zurück.

Ich bin traurig, ich sehe seinen Zustand, er muss zuerst seine physische Gesundheit wieder einigermaßen herstellen, danach kommt die Seele dran. Das wird das Schwierige. Bin zu diesem Zeitpunkt noch guter Dinge, dass alles gut wird. Allerdings überkommt mich auch eine große Wut. Was hat der arme Mensch alles mitgemacht. Mir wird nach und nach klarer, welche Verletzungen es schon in frühester Kindheit gegeben haben muss. Die Gewalt, dann die Folter. Es gibt sicher nur ein bestimmtes Maß an Mist, den ein Mensch aushalten kann, bei ihm ist die Grenze überschritten. Dazu kommt hier in Deutschland die andere Kultur, Sprache, Druck von allen Seiten. Unsere immer wiederkehrenden Streiterein hatten mit dem Kulturunterschied zu tun. Ich bin überrascht, wie sehr er doch an seinem alten Leben hängt, hatte das unterschätzt und er wohl auch. Er hat sicher nicht damit gerechnet, dass er nicht loslassen kann. Er wird es lernen müssen, was anderes bleibt ihm nicht, wenn er hier bleiben will. Und eine Zukunftschance hat er im Iran nicht. Vor allem nicht in seiner Berufssparte.

Seine Deutschprüfung macht er noch einmal, die er trotz all dieser Umstände schafft und damit ist ein wichtiger Stein für die Zukunft gelegt. Er kann die BAMF*-Zulassung beantragen, die man braucht, damit man an vielen Schulen Flüchtlinge offiziell unterrichten oder Integrationskurse geben kann. Somit eröffnen sich gute Chancen für das weitere Arbeitsleben. Die Freundin, bei der er wohnt, spricht zwischendurch mit ihm, auch sie ist schockiert, wie kaputt und fertig sowohl sein Körper als auch seine Seele ist. Sie kennt ihn ganz anders, wie lange wird der Heilungsprozeß dauern?

**Bundesamt für Migration*

# Sommer

Ich flog also alleine nach Bulgarien. Kurzfristig konnte ich ein paar Besuche und Treffen mit ehemaligen Schülern und Bekannten organisieren. Wie immer in solchen Ländern, stopft einem jeder mit Essen voll, das erstaunlich lecker war. Die Reise war überraschend schön, auch wenn ich am Meer etwas einsam war. Ich machte das Beste daraus, was blieb mir anderes übrig. Und so ein wenig hat es mich an Georgien erinnert. Es gibt auf jeden Parallelen.

In jeder Kirche zündete ich eine Kerze für ihn an. Ich hatte schlichtweg das Bedürfnis, ihm gute Gedanken zu schicken, bei einem Gespräch bedankt er sich auch dafür. Zwischendurch hatten wir Kontakt, da es in der Arbeit ein paar Probleme gab. Mir kommt vor, er hat Tage, an denen es ihm super geht, dann wieder Tage, da kann man nichts mit ihm anfangen.

Ich kam allerdings am Ende ganz gut erholt aus dem Urlaub zurück und hatte noch eine Woche zu Hause, um ein paar Dinge für mich machen zu können. Als ich wieder da war, kam ein Mail von ihm aus dem Iran. Dort musste er sich wegen seines Herzens und der Nieren behandeln lassen. Er fühlte sich bei seiner Familie stressfrei und gut aufgehoben. Merkwürdig, nachdem dies ja wohl lange Zeit nicht so war. Bevor er geflogen ist, hat er sich insgesamt sehr schlecht gefühlt, nichts desto trotz hat er ein Kursbuch für unseren nächsten Kurs an der Schule geschrieben.

Kaum war er im Iran, spielten sich wieder merkwürdige Dinge auf meinem Handy ab. Plötzlich erschien ein Reza in meiner Kontaktliste mit den gleichen fake Fotos, die ich damals vom Geheimdienst bekommen sollte, mit der gleichen Nummer, die mich damals schikaniert hatte. Sofort gingen meine Alarmglocken los. Ich habe Reza gleich kontaktiert, er meinte nur lapidar, ich lese zu viele Krimis und schaue die falschen Webseiten an. Er war sehr gereizt auf meine Anfrage. Ich fand alles extrem merkwürdig.

Nach seiner Operation ging es ihm physisch und psychisch besser. Er schrieb mir lange Mails und rief mich an, und irgendwie war das plötzlich wieder der alte Reza. Ich war überglücklich. Er freute sich auch wieder auf München, auf die Arbeit, auf mich und es schien alles richtig gut zu werden. Besserung. Wir haben gesprochen, Zukunftspläne geschmiedet, und ja, er schien oder war in dem Augenblick auch der Mann, in den ich mich fünf Jahre zuvor verliebt hatte.

Ich habe einen Versuch gestartet mit einer Selbsthilfegruppe für Angehörige von psychisch Erkrankten. Ich möchte einfach lernen, besser damit umzugehen. Nach einem einmaligen Besuch, ließ ich es aber sein. Ich wollte einen Austausch, aber die Schicksale dort waren sehr hart und noch krasser als meines, ich wollte ich mich damit nicht zusätzlich belasten.

Reza wollte über Hamburg nach München kommen. Von der Arbeit aus waren wir zum Oktoberfest eingeladen und unser Chef bestand darauf, dass er auch mitkommt. Er wollte einen Tag vorher da sein und bald darauf begannen sowieso die Kurse. Vor Abflug wollte er sich noch mal melden.

Der vereinbarte Anruf kam nicht. Ich war wieder total sauer. Er hätte zumindest schreiben oder texten können, dass er den Anruf nicht schafft. Im Nirwana zu verschwinden, wie er es so oft getan hat, das geht einfach nicht und ich habe sehr verärgert reagiert.

Es kam keine Reaktion. Am Rückflugtag hatte ich immer noch nichts gehört. Als ich anrief, war er gerade in Hamburg gelandet. Ich war nicht super freundlich, da ich nicht wußte, wann er kam. Vielleicht bin ich einfach zu deutsch, aber ich möchte für meine Zeiteinteilung wissen, wann jemand kommt. Dann stellte sich heraus, dass er für München noch gar kein Ticket hatte, was zur Oktoberfestzeit ein großer Fehler ist. Man kommt zwar irgendwie her, aber es ist alles super teuer, wenn man nicht vorab bucht. Ich war richtig verärgert. Er war damit natürlich wieder gestresst. Kurz darauf bekam ich eine Message, dass er wieder Schmerzen hat. Bin ich schuld? Ja, irgendwie, aber das sollte er doch gelernt haben, dass man sich um sein Zeug rechtzeitig kümmern muss und dass man Leute rechtzeitg informiert, egal ob ich das ich bin oder jemand anders. Als ich ihn spät nochmals anrief, war er im Norden festgehangen, da der Zug so viel

Verspätung hatte. Ich meinte, er solle sich eben nicht stressen, und erst richtig ausschlafen, bevor er nach München kommt. Ich verstehe das alles gar nicht, da will er in den Iran, weil es dort erholsamer ist, dann ist die jeweilige Hin- und Rückreise mit solchen Strapazen verbunden, dass es sich überhaupt nicht lohnt.

Gleichzeitig hatte ich diesen merkwürden Kontakt am Handy verfolgt. Immer online, immer in der Nacht, bis zu seinem Abflugtag, sehr strange. Außerdem hatte ich mir einen Spy Virus am Rechner geholt, ebenfalls sehr merkwürdig.

Am nächsten Tag sollte er in München sein und ich hatte nichts gehört. Nach der Arbeit rief ich an, er war immer noch in Göttingen. Was? Der Plan war, heute hier anzukommen! Er würde mit dem Nachtbus fahren! Aber der Nachtbus ist ja wieder anstrengend, und wenn man auf das Oktoberfest gehen will und herzkrank ist, sicher nicht die beste Idee. Aber er hatte inzwischen das Ticket und lies sich sich davon abbringen.

Tags darauf kam er am Morgen bei mir an. Ich freute mich riesig, fiel ihm um den Hals und war froh, ihn endlich wieder zu sehen. Aber mir fiel sofort auf, dass etwas nicht stimmte. Seine Stimmung war wieder depressiv. Okay, er war auch müde. Ich musste in die Arbeit und er konnte noch ein bisschen schlafen. Es gab so viel zu reden und zu besprechen. Ich meinte, wir machen das alles am nächsten Tag, wenn er wieder richtig fit ist.

Am Mittag trafen wir uns in der Arbeit und wir fuhren gemeinsam mit den anderen Kollegen auf das Oktoberfest. Es war dort recht lustig, wir saßen am Tisch mit meinem Chef und die Stimmung war gut. Reza unterhielt sich blendend mit unseren beiden Chefs und machte zu dem Zeitpunkt einen guten Eindruck. Wir beide fuhren zwischendurch eine Runde Riesenrad aber brachen relativ früh auf, nachdem er diese strapaziöse Reise hinter sich hatte. Zumindest war das mal ein erster Eindruck vom Oktoberfest und in der Firma war er voll akzeptiert und wurde als fester Bestandteil der Mitarbeiter angesehen. Keiner der Kollegen hat bemerkt, wie schlecht es ihm wirklich ging. Ein guter Schauspieler kann er sein, vor allem, wenn er muss.

Wieder zu Hause, meinte ich, geh ins Bett, schlaf dich aus, morgen werden wir uns in Ruhe über alles unterhalten. Dass seine Stimmung nicht super war, konnte ich natürlich spüren, aber nach der langen Reise und dem großen Schlafmangel ist das kein Wunder. Ich wollte so viel über den Iranaufenthalt und seiner Operation und überhaupt seinen gesundheitlichen Zustand wissen. Wie es mit den Prüfungen stand, alles wollte ich wissen, aber wenn man Schlafmangel hat, sind Gespräche nie gut. Ich dachte ja auch, wir hätten alle Zeit der Welt in Ruhe zu quatschen.

Er verzog sich ins Zimmer, ich wurschelte zu Hause ein wenig herum, dann kam er plötzlich und meinte, er müsse jetzt sofort mit mir reden. Er brach auf einmal zusammen, saß heulend auf dem Sofa, er könne nicht mehr, alles hat keinen Sinn, er kann nicht in der Wohnung sein, nicht bei mir, er würde das alles nicht mehr packen. Ich dachte, ich höre nicht richtig. Letzte Woche war doch alles ganz anders. Das ist unser Zuhause, hier gehört er her. Er hat einen super Job, sein Studium läuft, eine Frau, die ihn liebt, eine schöne Wohnung, was willst du denn noch? Die Schulden würde er nicht verkraften, er ist müde vom Davonlaufen, er kann nicht mehr. Ja, wer bitte läuft denn davon? Außer ihm niemand, alles ist da. Er soll sich ausschlafen, wir reden morgen. Nein, das geht nicht. Er kam mit einem kleinen Koffer, statt Klamotten hatte er eine Bettdecke drin. Ich verstand alles nicht mehr. Er brach einen riesen Steit vom Zaun, das war nicht der Reza, den ich kenne, den ich liebe. Was war los?

Völlig unberechtige Vorwürfe kamen, Beschuldigungen an den Haaren herbeigezogen, man konnte nicht ein einziges vernüftiges Wort sagen, was mich zur Weißglut bringt und nur zu gegenseitiger Schreierei führt.

Am Ende schmiss ich ihn raus, er meinte, deswegen hätte er die Bettdecke mitgenommen, weil er genau wußte, dass ich ihn rausschmeißen würde und dass er auf der Straße schlafen müsste. Ich konnte alles gar nicht fassen.

# Und weg war er

Ich bekam es mit der Angst zu tun. Tut er sich was an? Er war völlig verwirrt gewesen, als er ging. Das war geplant von seiner Seite, sein ganzes Verhalten lässt darauf schließen. Warum? Was ist passiert in den letzten Tagen? Was haben die Iraner damit zu tun? Irgendwas stimmt mal wieder hinten und vorne nicht.

Ich wusste nicht, ob ich ihn suchen lassen soll. Die Stadt war komplett ausgebucht zur Oktoberfestzeit. Es war saukalt in der Nacht, er konnte eigentlich nirgends hin. Ich rief die Freundin an, bei der er gewohnt hatte. Sie meinte, ich könnte ihn per Polizei und Ambulanz suchen lassen, aber wenn er nicht frewillig mitgeht, sei das sinnlos. Außerdem, wo suchen?

Ich schrieb seinem Freund in Göttingen. Vielleicht kann er ihn anrufen und ihn zur Vernunft bringen. Dann ging ich ins Bett. Mitten im Hauptarbeitsstress kommt so was. Eigentlich hätte er Kurs am darauffolgenden Freitag und Samstag, ich verstand das alles nicht.

Am nächsten Morgen meldete sich der Freund, als ich in der Arbeit war. Er wäre in Göttingen angekommen und würde jetzt schlafen. Zurück in Göttingen? Verrückt. Er hätte Kurs, was ist damit? Natürlich muss ich es in der Arbeit sagen, nachdem ich nicht weiß, ob er am Samstag erscheint oder nicht. Alle Schüler sind bestellt. Was für ein Mist. Am Nachmittag meldete sich der Freund wieder. Reza würde am Samstag natürlich zum Kurs kommen. Aha, wieder zurück nach München, einfach nur verrückt das Ganze.

Am Abend kam ein Anruf von Reza. Wieder totale Beschimpfungen. Ich wusste überhaupt nicht was los war. Das Gespräch endete nach drei Minuten, wobei man das nicht als Gespräch bezeichnen kann. Am nächsten Morgen war ich im Unterricht als ein Mail kam. Er würde nur dann kommen, wenn privat und Arbeit getrennt blieben. Was schreibt er mich an, dann muss er mit meiner Chefin reden, nicht mit mir, wenn er das getrennt haben will. Ich verweise ihn auf sie. Nach einer Stunde später kommt der Anruf meiner Chefin, er hätte sich bei ihr per E-Mail gemeldet, dass er per sofort alles hinschmeißt.

Ich kann es nicht fassen, er gibt alles auf, sein Zuhause, seinen Job, seine Zukunft, die er in jedem Fall bei uns in der Firma gehabt hätte. Das verstehe wer will, ich nicht. Vor allem hätten wir ihn dringend in der Arbeit gebraucht. Seine Schüler hängen nach wie vor an ihm und vermissen ihn. Er ist eigentlich nicht der Typ, der seine Schüler fallen lässt. Für sie tut er normalerweise alles. Auch die Nachhilfeschüler, die er immer wieder bei mir unterrichtet hat, vermissen ihn und fragen bis heute, wie es ihm geht und wann er wieder kommt.

Aber natürlich gibt es da noch viele offene Baustellen, angefangen von einer großen Schuldenhöhe, die inzwischen tatsächlich kleiner geworden ist, bis zu Unterlagen, die er an die Arbeit schicken muss, von mir hat er Bücher, die ich wieder möchte, mein Ersatzfahrrad hat er irgendwo in München stehen gelassen. Meine neue Regenjacke liegt irgendwo. Es sind Kleinigkeiten, aber mir geht es um das Prinzip. Einfach davon schleichen, das geht ja wohl nicht.

Nun, die Arbeitsunterlagen kommen im Laufe der Zeit, sonst höre nichts.Mir scheint, er ist völlig am Boden.

# Das Ende? Fazit?

Ich weiß es nicht, ob es tatsächlich das Ende ist, ich sagte bei seinem Abgang, ich möchte ihn nie wieder sehen, aber das hatten wir auch schon. Natürlich war das eher kontraproduktiv, aber nun. Ich war schließlich auch fix und fertig. Mein alter Reza, der Global Citizen aus Tiflis, was ist aus ihm geworden? Wo ist er geblieben?

Was ist passiert? Unser Altersunterschied war sicher nicht maßgeblich. Wie man bei den Macrons in Frankreich sieht, gibt es das öfter. Ich habe alle unsere alten Chats gelesen, Bilder angesehen und intensiv analysiert. Immer wieder, versuche zu verstehen.

Zum Einen muss es in seiner Kindheit schon eine Vernachlässigung gegeben haben. Kein Wunder, bei elf Kindern, ein Vater, der nie da war, und eine Mutter, die mit fünfzehn Jahren verheiratet wurde, da kommt halt das eine oder andere Kind zu kurz. Zum anderen prägen die Gewalterfahrungen, dazu kommt die Erziehung in einem streng islamischen Staat, in dem Sexualität sowieso des Teufels ist, zumindest wenn man nicht mit dem Partner verheiratet ist.

Ein weiterer schwerer Eingriff war natürlich die Psycho-Folter in den letzten Jahren im Iran, die ich ja hautnah mitbekommen habe und die in gewisser Weise auch mit mir zu tun haben. Als Mitglied von Amnesty International bin ich automatisch verdächtig, obwohl ich eigentlich nicht wirklich aktiv bin, aber weswegen er damals Ärger bekam. Ich mich in gewisser Weise verantwortlich, was das betrifft. Das alles zusammen ist einfach zu viel.

Ich dachte, das Ruhejahr in Zypern würde ihn soweit stärken, dass er hier in Deutschland, vor allem mit meiner Hilfe, zurecht kommt. Aber er fühlte sich unter Druck und hatte Probleme mit den kulturellen Unterschieden, der Mann von Welt plötzlich gefangen in alten Mustern. Der Druck Geld zu verdienen, das Studium zu machen und dann wollte ich auch noch was, führte zur totalen Überforderung. Und last but not least, welche Rolle spielt der Geheimdienst? Wurde er zu einem Kontaktverbot gezwungen? Gibt es etwas, was er für die tun muss? Wird seine Familie bedroht? Wegen mir? Tortz meiner auch immer wiederkehrenden Wut, weiß ich eins, dass ich ihn liebe, und dass ich mir nichts mehr wünsche, als dass er wieder gesund wird. Ich möchte ihn zurück, aber gesund. Welche Idioten haben aus diesem wunderbaren liebenswerten Menschen ein totals Wrack gemacht? Warum? Ein Mann der Literatur? Wozu?

Der Heilungsprozess wird sicher lange dauern. Die Ursachen liegen in der Kindheit bzw. der Familie, in der Gewalterfahrung und im Regime. Und auf diese drei habe ich eine grenzenlose Wut. Einen Menschen so zerstören, ist letztlich unfassbar.

Ich werde warten, die Hoffnung stirbt zuletzt, gibt es irgendwann ein Happy End? Sieht gerade nicht so aus. Aber auch das ist nicht das erste Mal.

Für mich versuche ich das beste aus meiner Situation zu machen. Phasenweise bin ich sehr traurig, aber habe viel zu tun, das hält mich vom Nachdenken ab. Schauen wir, was weiter passiert. Ich denke positiv und ich fange sogar an, ihn wieder zu spüren. Wir werden sehen. Aber natürlich gibt es Tage, da geht es mir alles andere als prickelnd.

Wie es vor langer Zeit abgemacht war, das letzte Kapitel des Buches hier zu schreiben, das wird wohl nichs werden, dazu ist er viel zu krank. Vielleicht ist es eine Inspiration wieder gesund zu werden. Kann ich nur hoffen. Wenn ich meinen Freunden glauben kann, waren wir für alle das perfekte Paar. Ich habe die Qualitäten, die er gerne hätte und umgekehrt. Wir ergänzen uns tatsächlich perfekt zu einem tollen Ganzen. Vielleicht entscheidet das Universum am Ende.

# Entwicklungen zum Jahrswechsel 2017/2018

Wie aus den derzeitigen Entwicklungen über die Medien zu entnehmen ist, befindet sich der Iran im Umbruch. Die jungen und gebildeten Menschen dort möchten mehr Freiheiten und Rechte. Ob dies gelingt, wird sich zeigen. Eine politische Veränderung ist langfristig durchaus denkbar, wenn auch die gesellschaftlichen noch Jahre dauern werden. Man kann nur hoffen, dass sich die Menschenrechtslage verbessert und dass es in eine friedlich Richtung geht. Leider wird Macht in Diktaturen eher selten gewaltlos abgegeben.

Januar 2018